주마등 임종 연구소

주마등 임종 연구소

박문영 소설

차례

1장

진동

예정대로라면 그는 엊그제 죽었어야 했다. 마지막으로 어머니를 만나러 갈 거라던 배지호는 체험 도중 발작을 일으켰다. 응급처치가 미비했다. 체온이 계속 떨어졌다. 호흡도 고르지 않았다. 병동으로 옮겨진 그는 의식을 잃은 채 눈을 뜨지 못했다.

　—다시 봐.

　흑염소 두마리는 축사 구석에 몸을 포개고 앉아 있었다. 철망 밖의 그를 바라보기만 할 뿐 소리는 내지 않았다. 사육장 왼편 길을 따라가면 급격한 경사로가 나타났다. 무너진 시멘트 가옥 두채를 지나면 녹색 대문이 보였다.

집 앞에는 짓눌린 탄산음료 캔, 색이 거의 다 바랜 햄버거 포장지, 비료 포대가 놓여 있었다.

바람이 일자 녹색 대문 밖으로 탄탄한 석류나무 가지가 뻗어나왔다. 배지호의 시선을 따라 돌담이 조금 높아졌다. 잎사귀가 오후 햇빛을 무디게 반사했다. 골목을 뒹굴던 쓰레기들이 사라졌다. 무너진 가옥들은 반듯해졌다. 어느 집에서 아이들 웃음소리가 터져나왔다. 맞은편 언덕에서 짚을 태우던 노인이 그에게 인사했다. 연기 때문인지, 노안 때문인지 눈가에 물기가 흥건했다. 대문을 연 배지호는 쓰러진 자전거를 바로 세웠다. 그리고 창고 앞에 섰다. 나무문을 열기 직전, 화면은 거기서 멈춰 있었다.

정오와 천미조는 삼분 남짓한 장면을 계속 돌려봤다. 명소장이 문을 열고 들어왔다. 의자에서 일어난 정오가 모니터를 가리려는 듯 책상에 엉덩이를 걸쳤다.

―분석이 더 필요해요. 문제 구간에 들어가면 자꾸 멈춰요. 외부 침입이 없는지 보안팀에 보고하고……

―보고는 차후에 해도 될 텐데요.

명소장이 팔짱을 낀 채 천미조의 말을 잘랐다.

—배지호씨 본인 기억이 혼란스러웠을 수 있어요. 재현의 중첩이 예기치 않은 충격을 일으켰을 가능성도 있습니다. 의료진 말로는 정상수치는 아니지만 맥박은 유지하고 있대요. 뭐, 가끔 쇼크가 오는 지원자들도 있고.

—체험 도중에 마음을 바꾸면서 일어난 일이라고 말하고 싶으시겠죠. 아니요, 준비를 성실히 마친 지원자였어요. 말할 수 없는 분에게 책임을 지울 건가요.

—변심은 종종 일어나는 일입니다.

—이 사고는 처음 일어나는 일이고요.

정오가 천미조를 쳐다봤다. 식은 차를 들이켠 그는 머뭇거리다 말했다.

—저희 선에서 데이터를 좀더 분석해보겠습니다.

—해당 자료 지우세요. 지원자 기억의 충돌로 얘기 마쳤으면 좋겠네요.

천미조가 다시 목소리를 높였다.

—명소장님, 녹화분 보면 아시겠지만 이질적으로 끼어든 기억은 없어요. 이건 저희 오류예요. 점검해야 합니다.

명소장이 눈을 감고 대답했다.

── 데이터 지우라고요. 배지호씨 치료 중이고 곧 깨어날 겁니다. 상담이든 체험이든 다시 시작하면 돼요.

── 배지호씨 가족에게 그대로 전해줄까요? 데이터는 삭제하지 않을 겁니다. 협력받을 때까지 이 자료는 미해결 상태로 둘 거예요.

정오가 천미조의 어깨 옷깃을 살짝 잡아끌었다. 천미조는 옷깃을 바로 잡아당겼다. 명소장이 눈두덩을 비비며 말했다.

── 소식 알려주면 가족들이 참 고맙다고 할까요? 이 건 공개되면 천미조씨, 정오씨 일자리가 그대로 있을까요? 이런 말까지 하긴 싫지만 업계를 완전히 떠나게 되진 않을지 차근차근 좀, 가능성이란 걸 생각해보세요.

── 미조씨가 흥분했어요. 아시잖아요, 성격 급한 거. 데이터 문제는 잠정 보류로 둘게요. 저희 둘만 알고 있겠습니다.

명소장이 한숨을 쉬며 나갔다. 천미조는 화면을 들여다보았다. 정오는 컵을 만지작거렸다. 책상에서 몸을 뗀 그는 젖은 티백 위로 천천히 온수를 부었다. 문을 열고 나가는 짓은 하고 싶지 않았다. 천미조 곁에 말없이 머무는 일 역시 일종의 업무로 느껴졌다. 둘 사이엔 긴 정적이 있을 것이다. 그걸 견디는 게 아주 어려운 일은 아니다. 관계를 무탈하게 유지하는 방법엔 몇가지 기술이 있다. 상대가 쓴 단어나 마지막 문장을 그대로 따라 하기, 그가 싫어하는 걸 얘기할 때 적극적으로 반응하기, 말을 걸지 말아야 할 때를 알아채기.

　──삼주 만에 이렇게 따는 자격증이 무슨 자격증이야? 심리상담사가 천만명은 나오겠다.

　연수원에 있을 때도 천미조는 화가 나 있었다. 하지만 이런 침묵보다는 불평이 나았다. 평소처럼 명소장에 대한 험담을 듣는 게 편할 것 같은데 천미조의 입은 닫혀 있었다. 오렌지 차는 유독 진해서 물을 몇번이나 부어도 향이 강했다. 오래 씹은 껌 맛이 났지만 괜찮았다. 정오는 지금 자신에게 위로를 주는 건 이렇게 익숙한 것뿐이라고 생각했다. 손에 쥘 수 있는 컵 같은 물건이 사람보다 선량하게 느껴졌다.

지원자들이 배지호의 상태에 대해 떠들어대리라는 건 직원들도 예상한 일이었다. 식탁에서 카드 암기 게임을 하던 이들이 목소리를 낮추고 얘기했다.

　—고향 집에 간다지 않았어? 어머니 보고 싶다고 했잖아.

　—중간에 호흡이 정지될 뻔했대. 눈에 실핏줄도 다 터졌다고 하고. 이게 무슨 일이야.

　—직접 본 사람 있어? 겁주지 마. 병동에서 치료 잘 받고 있다던데.

　—그런 게 거부반응인가. 어차피 깨면 기억 안 난대.

　—그이가 나한테 요구르트랑 주스도 많이 줬어. 저번에는 딸기도 가져왔는데 진짜 크고 달더라.

　—아, 조용히 좀 말해. 자기가 말하면 귀가 다 따가워.

　지원자들은 며칠간 휴게실, 침대, 식당에서 배지호 이야기를 꺼냈다. 남은 직원들이 없는지 살펴보고 나누는 대화였다. 지원자들의 옷은 보라색, 직원들의 옷은 연보라색이라 약간의 주의를 기울여야 했다. 짧은 유희가 끝나면 그들은 각자의 잠잠한 일상 속으로 들어갔다. 현실에서 붕 뜬, 꿈결 같은 도피처는 많았다. 병동에서 물리치료를 받고 온 지원자가 배지호를 봤다는 말에 소문의 힘도 약해졌다.

—웃고 있던데. 뭐가 그렇게 웃긴지 몰라.

버스 종점 차고지 부근에 자리한 연구소는 아담했다. 도로 건너편엔 이 건물과 크기가 비슷한 장례식장이 있었다. 허이경은 창밖을 내려다봤다. 종아리가 시렸다. 그는 발목을 몇번 주무르고 다시 몸을 일으켰다. 휑한 부지, 뿌연 대기, 낡은 철조망. 트렁크를 끌고 이곳에 들어오던 날 보던 풍경과 별다를 바 없었다. 작은 공항 같다. 실제로 공항 비슷한 곳이지. 수속대, 환승 구역, 대기실. 전부 떠나기 위해 기다린다. 입국 줄과 출국 줄이 있다. 남편과 함께 갔던 공항은 실내 공기도 가벼웠다. 높은 천장과 깨끗한 바닥 그리고 그곳을 거니는 사람들의 표정 때문인지도 몰랐다. 다들 텅 빈 트렁크를 끌고 가는 듯 걸음이 매끄러웠다. 허이경은 공항을 생각하고 마음이 좀 놓였던 첫날 저녁을 떠올렸다.

폐교된 대학 터에 들어온 지 일년이 안 된 연구소 일대는 아주 열악하지도, 특별히 청결하지도 않았다. 숙소를 포함해 새로 지은 통유리 건물 몇채만 번쩍였고 그건 주변 건축물과 전혀 어울리지 않았다. 보수와 개조도 적당히 안이했다. 사람들이 모여 사는 곳에 따로 기대할 것은 없었다. 문화체육관, 열린 마당, 대학본부같이 다 떼어내지 않은 현판의 옛말만 친밀하게 느껴졌다. 눅눅한 여름이었다. 한 계절만 나면 돼. 계절의 구분도 무의미하니 담담한 나날을 보내면 된다. 마지막 여행이니까. 허이경은 대단지의 작은 창문들을 살펴봤다. 사각 창틀을 채운 빛이 내밀하고 튼튼해 보였다. 그는 시선 대각선에 들어온 큰 글자를 다시 읽었다. 주마등 임종 연구소. 등불 속을 달리는 말,이라는 뜻을 그대로 옮긴 아이콘이 계속 움직이고 있었다. 생략과 강조를 거쳐 해맑게 디자인한 캐릭터는 아니었다. 실제 말의 외곽선 같았다. 불꽃 안의 검은 말이 어딘가로 계속 뛰었다. 사실상 제자리를 영원히 달리는 짐승이었다.

맞은편에서 누군가 보행 보조기를 밀며 걸어왔다. 바퀴가 달렸는데도 느린 속도였다. 앞으로 오는지 뒤로 가는지도 분간할 수 없었다. 허이경은 창문에서 물러났다. 그는 방으로 가는 길목에 있는 상담실을 힐끗 쳐다봤다. 첫날 이후 다시 들어가지 않은 곳이었다. 허이경은 무인 상담기기가 편했다. 휴대폰과 컴퓨터에 내장된 애플리케이션은 가끔만 실행했다. 어휘력이 너무 풍부한 답변들이 징그럽게 느껴졌다. 정확하고 사려 깊은 답도 필요 없었다. 그는 상담 자체보다 어딘가로 갔다가 돌아오는 길에 시간을 쏟는 게 좋았다. 방이 아닌 곳에서 말을 하고 싶기도 했다. 2인 1실 공간은 갑갑했다. 숱이 빽빽한 가발을 쓴 룸메이트는 자신의 일대기를 드라마틱하게 변주해 들려주는 일에 중독되어 있었다.

— 자기는 십자말풀이 안 해? 선생님들이 이런 걸 자주 해야 집중력이 높아진다잖아. 그래야 갈 때 좋은 꼴을 보지. 나야 젊을 때부터 워낙 머리가 좋았어. 영재, 수재 그런 거 알지? 아주 특출 나게 비상했대.

룸메이트는 퀴즈쇼를 볼 때 볼륨을 최대치로 높였다.

그는 이명과 편두통을 포함한 건강염려증 그리고 그보다 두터운 과거의 영화에 휩싸여 있었다. 허이경은 그의 큰 트림과 긴 샤워 시간은 참을 수 있었지만 방청객들의 고함과 비장한 효과음은 견디기 힘들었다.

　─규칙적으로 생활해야지. 여태 깨 있어? 젊어서 그런가.

　건물은 넓은 듯 좁았고 또 좁은 듯 길었다. 잠이 안 오는 새벽, 복도를 걷다보면 워봇 앞에 서게 됐다. 전국 관광지의 실시간 풍경을 보여주는 애플리케이션 케이스케이프(K-Scape)도 이전보다 덜 사용했다. 침대에 누워 바라보는 강릉 바다, 순천 숲, 부산 영도다리도 아름답게 느껴지지 않을 때가 있었다.

　상담은 키오스크형 워봇 말고도 연구소 직원들과 강사 대부분이 나눠 맡았다고 보는 게 적합했다. 그 이전에 지원자들이 서로의 상담자이기도 했다. 워봇의 성능은 그다지 뛰어나지 않았지만 글자와 그림이 크게 표시된다는 점이 지원자들의 심정을 편하게 했다. 기기에는 귀여운 동물 스티커나 명사의 격언이 붙어 있었다. 행복은 만들어져 있는 것이 아니다. 행복은 당신의 행동들로부터 발생한다. 행복은 장소가 아니라 방향이다. 대체로 태도와 의지가 행복을 좌우한다는 메시지였다. 허이경은 누군가 선의로 골랐을 그 글귀들을 전부 읽었다. 여기서 도망쳐 같은, 발견했을 때 웃음이 날 만한 낙서는 없었다.

복도 끝 창가 자리, 사람이 없는 그 공간을 좋아하는 이들은 많았다. 기기 주변에는 마크 로스코의 모작 여러점이 걸려 있었다. 허름한 패브릭 의자 아래에는 누군가 괴어놓은 나무 디딤판이 있었다. 눈높이가 맞는 키오스크가 개발되는 것보다 지원자 개인이 높은 의자에 올라타는 게 더 빨랐기 때문이다. 어차피 구형 모델이었다. 안녕하세요. 반가워요. 기분이 어때요. 무슨 생각을 하고 있나요. 그런 일이 있었군요. 더 들려주세요. 괜찮아요. 고마워요. 저도요. 지원자들은 거기서 자주 울었다.

허이경은 워봇을 향해 걷다가 몸을 돌렸다. 낮은 깃대에 분홍색 손수건이 묶여 있었다. 누군가 웅얼대는 소리가 들려왔다. 복도에 놓인 소파에서 다음 순서를 기다려도 되지만 거기 앉는 사람들은 드물었다. 워봇 앞에 왔을 때만큼은 혼자인 게, 충분히 혼자인 게 위안이 된다는 걸 다들 알게 되었기 때문이다. 지원자 중 누군가 워봇을 쓰고 있을 때 분홍색 손수건을 표식으로 달아두자는 제안을 했고 이곳에 오는 이들은 거기 수긍했다. 창가 탁자에는 언젠가부터 작은 수납함이 놓였고 그 안엔 여러장의 손수건이 들어 있었다. 라벤더 성분이 들어간 방향제, 채도가 높은 수채화 엽서, 휴지, 거울, 담배, 쿠키, 젤리. 테이블 주변 물품은 조금씩 바뀌었다. 소형 냉장고에는 모과청이나 밤찹쌀떡이 들어있기도 했다. 몇몇 지원자들이 주말 외출 때 챙겨 온 음식물이었다. 사람들은 이곳에 앉아 각자 소지한 사진과 편지를 한참 들여다보았다. 이미 수집해둔 데이터가 숱한데도 그들은 묵주를 돌리듯, 무게와 양감이 있는 물체에 손을 뻗었다. 그리운 이의 모습을 바로 확인하는 것보다 상상할 때가 더 좋았다. 보지 않을수록, 시야에서 멀어질수록 대상은 더 아름다워졌다. 남루하고 험악했던 일화가 부드러워졌다. 사별한 남편의 발 대신 긴 모래주머니를 발목에 올리고 자던 지원자는 반려동물을 그리워하는 이들을 위해 무게가 제각각인 주머니를 만들어 가져다두기도 했다. 콩주머니보다 모래주머니가 인기를 끌었다.

　——진짜 구식이죠? 물려받은 건데, 같이 쓰면 좋을 것 같아서요. 그래도 맛은 여기보다 나아.

커피머신을 설치한 남자가 멋쩍게 웃었다. 며칠 전에 만난 그는 체험을 마친 누나가 세상을 기쁘게 떠났다고 했다. 허이경은 아래층에 갔다 오는 길에 사람이 없으면 커피를 마셔야겠다고 생각했다. 식당 까페테리아는 24시간 열려 있지 않았고 복도 중앙 탁자에 놓인 커피는 쓰디썼다. 오래된 원두로 내린데다 며칠을 방치한지도 모를 그 커피엔 손도 대기 싫었다.

무심코 건물 밖으로 나가려던 허이경은 통유리 문에 어깨를 부딪혔다. 입구는 잠겨 있었다. 뭘 하려고 했는지, 어디로 가려고 했는지 자신도 또렷이 알 수 없었다. 그는 주변을 둘러봤다. 일층 로비 왼편 커튼 밑으로 흐린 빛이 새어나오고 있었다. 14분 21초의 홍보 영상물, 1분 정도의 암전, 다시 14분 21초의 영상이 끝없이 상영되는 공간이었다. 커튼 근처를 지날 때면 가벼운 재즈, 포크, 뉴에이지 음악이 나지막이 흘렀다. 허이경은 커튼을 살짝 들췄다. 아무도 없었다. 그는 맨 뒤에 놓인 의자에 앉았다. 이야기를 놓쳤더라도 계속 앉아 있으면 된다. 어디서 시작하더라도 원은 돌고 시간은 충분하다. 허이경은 이곳에도 가끔 오게 될 거라 생각했다. 어둡고 작은 곳이 필요했다.

도입부가 지나서인지 꽤 극적인 장면들이 나오고 있었다. 배우자로 보이는 남자를 발견한 여자가 눈물을 흘렸다. 남자 뒤로는 큼직한 단독주택과 뭉게구름이 자리했다. 둘은 긴 포옹을 나눴다. 오리나무가 바람에 흔들렸다.

—저게 뭐야.

어둠 속에서 튀어나온 목소리에 허이경은 깜짝 놀라 숨도 쉴 수 없었다.

—죽으면서 저런 걸 보고 싶다고? 저게 마지막 꿈이 된다고?

바닥에 앉아 있던 아이가 엉덩이를 털며 일어났다.

—언니, 설마 운 건 아니지?

허이경은 이 아이가 장에스더라고 짐작했다. 스물을 앞
둔 주마등의 가장 어린 지원자였다. 되바라졌다, 애정결핍
이다, 허언증이 심하다는 불만이 돌았다. 가출한 지 오래
에 폭식을 한다는 얘기도 들은 것 같았다. 이곳에서조차
평판이 좋지 않았다. 누구에게나 반말을 하기 때문인가.
허이경은 놀라지 않은 듯 물었다.

—언제부터 와 있었어요?

—궁금하지도 않으면서 왜 물어?

홍보 영상의 배경음악이 줄어들고 연구원의 음성이 깔
리기 시작했다.

—다시 말해 가장 행복했던 기억이 파노라마로 재배
치되는 거죠. 지원자가 선택한 단속 구간들을 더 조밀하
게, 더 생생하게 확장할 수 있습니다. 복원 가능해요. 회
상을 위한 상담 및 시뮬레이션을 전문 인력과 첨단 장비
가 병행해 맡거든요. 편도체와 해마가 활성화될 수 있도
록, 중앙 측두엽이 기억을 잘 조합할 수 있도록 말이죠. 이
건 외부 자극을 통해 청각 위주의 신경만 일깨웠던 기존

임종 과정과 달라요. 기억과 관련한 모든 감각을 살아나게 합니다. 몸이 있는 사람이면 누구나 경험할 수 있죠. 흔한 VR 인터랙티브 콘텐츠와의 차이도 분명합니다. 그건남들의 설계이고 이건 지원자 스스로의 설계라 할 수 있어요. 시공간과 상황이 선별 기억을 따라 체계적으로 형성됩니다. AI가 실시간으로 제작해요. 스쳐가는 주마등이아니라 골라내는 주마등에 가깝다고 말씀드릴 수 있을까요. 개별 면담과 트레이닝을 통해 면밀히 편집된 서사는만족도가 높습니다.

— 재미없어. 다음에는 좀, 진짜 궁금한 걸 물어.

장에스더가 커튼을 젖히고 나가며 말했다. 허이경은 자리에 그대로 앉아 숨을 몰아쉬었다. 스크린에는 어느새서재 앞에 앉은 명소장이 있었다.

— 뇌 검사는 짧고 간단합니다. 마이크로 CT 스캔 방법 역시 임상시험 결과 안전성 기준을 통과했죠. 뇌손상환자를 포함해 중증장애인도 보호자와 함께 주마등 프로그램에 참여할 수 있어요. 사회취약계층부터 이곳을 선택할 거라는 예상과 달리 연구소에는 다양한 지원자들이 함

께합니다. 주마등은 안전하고 쾌적한 죽음 그리고 소외 없는 임종문화를 지향합니다.

공개된 바와 달리 이곳에 가장 먼저 들어온 이들은 기저질환을 앓는 환자 그리고 실직자와 비정규직 노동자들이었다. 일반 임상시험과 달리 신체가 건강하지 않아도 신청할 수 있기 때문이었다. 지원자 220여명의 평균 연령은 73세로 주로 저소득층이었다. 여성이 전체 참여자의 81퍼센트를 차지했다. 간병인의 성비 역시 비슷했다. 그런데도 인터뷰에 가장 많이 등장한 자는 폐암에 걸린 오십대 남성 교수였다.

──동정받고 싶지 않았어요. 자책도 지쳤고요. 결국 제 몸인걸요. 저는 방치되는 노후, 구걸하는 삶을 이제 거부하기로 했습니다. 더는 빼앗기지 않을 겁니다. 전염병이 돌 때마다 봤잖아요. 각국의 정부가 가장 먼저 손 놓아버리는 사람들이 누군지. 은근슬쩍 외면해버리고 싶은 이들이 누구인지요. 성가시니까 알아서 없어지면 좋았겠죠. 연금이며 보험이며 돈도 많이 드는데 티가 안 나. 그러니 군

말 없이 사라져라. 알아요. 충분히 그렇게 생각할 수 있다는 걸.

남자는 중간중간 숨을 고르며 말을 이어갔다. 그의 기침 소리는 편집과정에서 깨끗하게 지워졌다.

—걱정하는 척하면서 떠미는 짓거리 한두번 봅니까? 운전하지 말라고, 나돌아다니지 말라고, 밖은 위험하다고. 우리가 못 알아듣겠어요? 방해되니까 눈에 띄지 말고 그냥 빨리 죽으라는 소리를? 그래도 입 밖으로 꺼내진 말았어야죠. 노인들이 죽어야 나라가 산다는 말을 듣게 하진 말았어야죠.

명소장은 모든 지원자에게 선생님이라는 호칭을 붙였지만 그에게만은 교수님이라고 불렀다. 그의 직장이 어느 대학이었는지는 알았지만 전공인 노어는 곧잘 잊었다. 지원자들과 명소장의 대면 시간은 짧았다. 그는 서두의 축약 내용만 보면 된다고 말했다. 전자약정서는 98페이지에 달했고 후반부는 영문 도표였다.

—조항 한번 살펴보시고요.

열에 일곱은 화면 글씨가 흐릿하다고 느꼈다. 그나마

큰 글자는 메타데이터, 리포지터리, 스키마 같은 용어라 뜻을 알 수 없었다. 물어볼 엄두도 나지 않았지만, 물어봐도 소용이 없을 것 같았다. 지원자들은 터치펜으로 확인했음, 설명 들었음 같은 말을 어렵게 남겼다.

홍보 영상엔 논란 중인 수술 내용도 자세히 담겨 있지 않았다. 주마등에 들어오는 지원자들은 내장형 이식수술을 받아야 했다. 레이저로 두개골을 뚫은 뒤 소형 칩을 삽입하고 점착 실리콘을 덮으면 끝나는 간단한 절차였다. 구멍은 직경 이 밀리미터로 매우 작았다. 가상공간에 접속하기 위한 기기와 어지럽게 얽힌 전선, 별도의 장갑, 고글, 헬멧, 슈트는 필요하지 않았다. 명확하고 원초적인 수술 방식은 그 육체성 때문에 비난을 받곤 했다. 오락에 미친 겁쟁이들, 죽음을 대면할 용기도 없는 세대, 비겁하고 이기적인 집단. 염세, 탐욕, 도피, 우려, 악영향. 부정적인 단어로 시선을 잡아채려는 게시글은 끊이지 않았다. 수술 과정과 원리를 알기 쉽게 설명한 기사와 도식 아래에는 지원자들에 대한 공격이 따랐다. 과도한 예찬도 문제였다. 이곳 사람들은 안락사를 적극적으로 영위하는 주체적인 시민인 동시에 안락사의 영역으로까지 환락을 끌어들이는 나약한 환자들이 되었다. 용기가 없으면서 용감한 사람이 되는 일이 가능했다. 머리까지 뚫다니 치밀하다, 머리를 뚫다니 무모하다. 어떤 인간으로도 불릴 수 있었다. 상반된 수사가 뒤섞이면서 그들을 엮는 특질은 뭉개졌다. 연구소 밖 사람들과 마찬가지로 이들의 색깔과 무늬도 단일하지 않았지만 그 사실을 꾸준히 상기하는 이는 적었다.

　──부작용에는 어떤 것들이 있죠?

　──부작용이 당연히 있다는 전제를 두시네요.

　──수도 없겠지만 바쁘시면 대표적인 것만 말씀해주세요.

　──개인에 따라 구토, 어지럼증, 식욕부진과 같은 부작용이 따를 순 있죠. 그런데 그건 여타의 수술과 비슷해요.

　상담 첫날, 명소장에게 서류철을 내민 남자 직원이 피식 웃으며 방을 나갔다. 허이경은 그가 가까이 왔을 때 상의를 살펴봤다. 이름이 정오라 외우기 쉬웠다. 페퍼민트 향이 강하게 풍겼다.

─가능성은 희박하지만 프로그램 실행 시 중요도에 따라 크기나 형상이 다소 왜곡될 수는 있어요. 지원자의 기억을 중심으로 인공지능이 시시각각 회상을 돕는 환경이니까요. 그러니 원하는 만큼 체험하되 혼란을 줄이려면 하나의 상황에 집중하는 게 낫겠죠. 아, 원하지 않을 때는 얼마든지 중단 가능합니다. 꿈보다 주도적으로 의지를 발휘할 수 있거든요. 체험은 무의식보다 의식 가까이에서 진행된다고 생각하시면 됩니다. 물론 안락사 자체도 연기하거나 철회할 수 있어요.

전문가들의 화법이 그렇듯 묘하게 열린 답이었다. 주마등에 들어온 지 보름이 좀 지났을 뿐인데 모든 게 옛일 같았다. 허이경은 입소 후의 날들을 순서대로 꼽아보길 단념하고 커튼 밖으로 나왔다. 어둑한 로비 중앙 홀에는 고인들의 기억 일부가 담긴 사진이 여덟개의 액자로 걸려 있었다. 액자 아래에는 폴리염화비닐을 축적해 만든 조소가 전시되어 있었다. 주마등에서 임종을 맞이한 어머니를 기리는 작가의 작품이었다. 잔물결, 모래톱, 뼛조각을 닮은 오브제 옆엔 같은 재질의 손이 함께 포개져 있었다. 기억이 정갈할 수 있다는 착각과 함께 마음만 먹으면 그것을 온전히 잡을 수 있다는 느낌을 주는 연출이었다. 이미지는 관념으로 이어진다. 오래 볼수록 헛된 신념에 물들 것이다.

허이경은 팔짱을 낀 채 액자 가까이 다가갔다. 주황빛 실선으로 이뤄진 상은 복잡한 듯 고즈넉했다. 자세히 보니 들판에 선 사람이 보였다. 밀려드는 망각과 싸우려는 듯 준엄한 표정으로 정면을 응시하고 있는 여자였다. 입을 벌린 허이경은 뒷걸음질 쳤다. 여자가 자신을 노려보고 있었기 때문이다. 그는 눈을 여러번 깜빡였다. 허탈한 웃음이 났다. 액자 유리가 자신의 얼굴을 반사한 것뿐이었다. 허이경은 멀찌감치 떨어져 전시 공간을 눈에 담았다. 액자들 위편 벽에 뭔가가 있었다. 간접 조명이 비추는 라틴어 글귀가 은은히 빛났다. *Si vis vitam, para mortem.* 삶을 원한다면 죽음을 준비하라.

2장

이력

─안락사가 널리 퍼진 사회가 과연 사회인가요. 이게 허용되면 노년층은 늙은 사람들이 아니라, 아직도 안 죽은 사람들로 보일 겁니다. 법이 살고 싶어하는 존재에게 끊임없이 모욕을 가하는 거라고요.

─살고 싶을 거라고 믿는 근거는요? 그저 단순하고 무책임한 희망 아닙니까? 활동가님은 아까부터 죽음과 불행을 동일시하고 있잖아요. 그게 몰이해고 대상화 아니냐고요. 누가 더 비정한지 말씀해보세요.

반복되는 토론엔 생기가 없었다. 좌담을 여는 것 자체가 위선이라는 말, 위선도 일종의 윤리라는 말이 서로의

꼬리를 아프지 않게 물었다. 세워졌다 무너지는 정책을 구경하는 이들은 불가한 각오를 품었다. 늦지 않겠다. 아프지 않겠다. 도움받지 않겠다. 통증과 무력이 마치 피할 수 있는 일 같았다. 멀어 보였다. 발의 후 차일피일 연기되던 안락사 합법화 법안은 통과되자마자 이전 세상을 낯설게 만들었다.

안락사심의위원회로부터 최종 승인을 받는 데는 보통 일년 정도가 걸렸다. 이 기간이 너무 길다는 이들과 너무 짧다는 이들은 같은 이유를 댔다. 죽고 싶은 사람의 시간을 질질 끄는 것, 급히 마무리하는 것 둘 다 비인도적인 처사라는 게 그 접점이었다.

— 억지로 떠밀려 죽는 사람이 단 한명이라도 있으면 안 됩니다. 보호자에게 짐이 될까봐 자기 선택인 척 구는 이들이 반드시 있을 거예요.

— 그래서 준비 기간을 넉넉히 잡고 있죠. 당사자가 고통스럽다는데 왜 그 선택을 못 믿어요? 왜 결정을 존중하지 않으세요? 삶이 소중하단 말은 누군가에게 폭력입니다.

말기 암, 희귀질환, 중증 치매 같은 경우 환자의 상태에 따라 안락사 준비 기간이 단축되는 사례가 잦았다. 하지만 그외는 매달 자신이 강력한 의지로 죽음을 원하고 있으며 그 상태에 변화가 없음을 알려야 했다. 병원과 재활 시설에서 받는 치료가 본인에게 무용하며 병세에 차도가 없다는 사실 역시 꾸준히 밝혀야 했다. 자가보고 애플리케이션을 쓰지 못하는 이들은 확인서를 지역 안락사 의무 분과 홈페이지 양식에 맞춰 제출했고 이런 절차가 어려운 이들은 주기적으로 보건소에 방문했다. 필수기입란인 서술형 항목에는 대안이 없다, 자살을 택하지 않게 해달라, 빠른 처리를 바란다는 의견이 가장 많았다.

안락사 희망자들의 건강 상태를 수시로 확인할 수 있는 케어 패치는 상용화에 실패했다. 귀 뒤편에 붙이는 타원형의 작은 고무조각은 분실이 허다했다. 패치는 기름진 피부에 잘 붙지 않고 접착력을 높이자 발진, 종기, 색소 침착 등의 피부질환 문제가 생겼다. 부품 하청업체가 바뀔 때마다 오작동도 늘었다. 패치 안의 금속 성분이 뇌전

증과 심장병을 일으키는 원인으로 지목된 후에는 자취마저 감췄다. 부작용을 개선한 제품은 좀처럼 개발되지 않았다.

안락사 희망자들에겐 현장조사원이 통보 없이 찾아가 상황을 점검한다는 원칙이 있었지만, 대부분 미리 고지가 갔고 파견도 막바지에 몰렸다. 조사원들이 바빠지는 시기는 안락사 이행 후반부였기 때문이다. 일년여의 승인 기간 중 구개월간의 보고가 끝나면 다음 삼개월은 조사원 또는 상담사의 방문만 이뤄졌다. 일곱종의 필수 제출서류는 확약서와 증명서 두종으로 줄었고 거기엔 간략한 개인정보와 서명만 필요했다. 해외로 나간 이들과의 연락은 영상통화로 대체되었다. 이외의 것을 검토하려면 더 많은 인력과 시간이 쓰여야 했다. 보고 막바지에 이른 안락사 희망자들은 대체로 자신이 지내던 곳에 머물렀지만 해외를 포함해 휴양지, 종교시설, 요양 호텔에 들어가는 경우도 있었다. 기저귀를 하루에 여덟번 갈아준다는 프리미엄 실버타운은 대기자가 넘쳤다. 영육(靈肉)기업 산하의 주마등 임종 연구소는 안락사 후기 연계 기관에 포함되었다.

정부 협력 업체에 새로 선정되면서 입소 경쟁률도 차츰 높아지고 있었다.

마지막으로 가져갈 건 이야기, 당신에게 가장 따스한 주마등을 제공해드립니다.

열두 페이지의 홍보물 하단엔 두유, 견과류, 과일이 놓인 테이블 사진이 반복해 들어갔다. 다른 곳에 삽입된 사진도 노후보장 보험 광고와 구별하기 어려웠다. 통유리창밖엔 잎이 번쩍이는 사스레피나무들이 빽빽했다. 배드민턴 가방을 멘 노부부가 산책로에 서 있었다. 떠나는 날까지 건강하고 아름답게. 잔잔한 목각 문양이 들어간 캘리그래피가 최종안으로 선택되었다. 어두운 삶, 밝은 죽음이라는 슬로건은 심의위원회의 저지로 쓰이지 못했다. 가족처럼 곁을 지킨다는 표현은 천미조를 비롯한 연구소 내여성 직원들의 반발로 버려졌다.

연명치료를 거부하는 이들은 계속 늘어났다. 완화 의료

와 장례문화에 대한 논의도 꾸준했다. 사람들은 맞이하고 싶은 죽음에 대해, 죽을 때 접하고 싶은 풍경이나 소리에 대해, 마지막으로 보고 싶은 이들에 대해 전보다 많은 이야기를 나눴다. 죽는 과정과 환경에 변화가 따라야 한다는 사실은 나날이 확실해졌다. 주마등 연구소는 안락사가 증가한 고령화사회에 더욱 입체적인 데드 스토리 모델링을 선보였다. 일종의 임종 환경 설계소인 이곳은 누구나 죽는 세상에서, 어떻게 죽을지 묻는 광고를 내보냈다. 지원자들은 자신의 기억을 토대로 한 가상현실 시공간을 체험하며 멈추고 싶은 곳에서 암호를 말하고, 그후 심장이 정지된다는 사실을 고지받았다.

　―저희는 안전상의 이유로 처음과 마지막 기억만 확인합니다. 나머지는 관여하지 않아요. 임종 때 체험하신 영상 기록은 지원자분과 보호자분 양쪽 모두가 동의하는 경우에 보여드리고요. 둘러봐서 아시겠지만 불편하지 않게 지내실 겁니다. 지원자분이 신중하게 결정을 내린 순간에는 정말 멈추겠느냐는 확인 질문도 세번 따라요. 걱정하지 않으셔도 됩니다. 평상시의 시뮬레이션이나 트레

이닝에서 중도에 멈추고 싶을 때는 이 고무공을 누르시면 돼요. 간단하죠.

공을 여러번 눌러보는 보호자가 있었고 그쪽으로 아예 시선을 두지 않는 보호자도 있었다. 고무공에 손을 대지 않는 이들은 질문도 적었다.

──어머니가 신경안정제를 드시는데 괜찮으신가요?

──복용하시는 약들은 확인했어요. 처방전을 유지하셔도 상관없습니다.

──고통 없이 평온하게 떠나시겠죠? 정말 고민이 많았어요. 부탁드려요.

곧 유가족이 될 이들은 지원자와 조용히 포옹했다. 방문객들의 안면근육은 복잡하고 풍부한 방식으로 움직였다.

──고양이 배에 얼굴을 파묻고 싶어요. 머리통도 쓰다듬어야죠. 망고가 엄청나게 큰 모습으로 나오지 않아도 돼요. 더 크지도 작지도 않은 모습 그대로를 보고 싶거든요. 가을 해가 눈부신 날이었는데 망고 귓등과 목덜미에서 카레 냄새가 났어요. 그날 오전에 카레를 만들었거든요. 향이 털에 밴 게 너무 귀여웠어요. 망고와 같이 있게

된다면, 걔를 다시 볼 수만 있다면 다른 소원은 없어요.

— 하조대해수욕장에 갈 거예요. 늦여름이고 비수기라 사람들이 별로 없었어요. 네시쯤이라 햇살도 좋았고요. 거기 백사장에서 그 사람 다리에 머리를 베고 눕고 싶어요. 신이 나서 얼마나 떠들던지. 원체 장난기도 많았고요. 눈치를 보다 바지춤을 살짝 내려서 자주색 팬티를 보여줬는데 아유, 둘이 얼마나 웃었는지 몰라요. 그때로 가면 후회하지 않을 것 같아요.

— 그냥 사별한 아내만 만나면 될 것 같습니다. 그 사람, 뇌척수염으로 육십도 안 돼 갔어요. 근데 선생 양반, 제가 지금 여든넷인데 아내도 여든 줄로 나와요? 죽었을 때 나이로 나와요?

지원자들은 반려동식물, 친구, 배우자, 가족 말고도 겉으로 드러나지 않는 것들을 계속 잃어간 이들이었다. 그들은 평온한 죽음을 원했다. 예정되지 않은 사고를 더는 겪기 힘들었다. 재발하는 암, 편도선과 식도에 집을 지은 염증, 다발성경화증, 디스크가 찢어놓는 하루가 달력을 다

채웠다. 종교도 순리도 믿기 어려웠다. 식구도 간병인도 무서웠다. 보호자들의 반말, 존댓말, 손길, 눈빛 모두 서늘하기만 했다. 몸집이 커질 대로 커진 우울과 가난도 오래 상대할 수 없었다. 작은 호의와 격려, 바람 빠진 각오가 꺾이면 한여름에도 오한이 들었다. 갑작스레 자신의 시신을 수습하게 될 사람, 지난한 절차와 끝없는 비용에 넌더리를 낼 사람, 장례 후에 침울해할 사람들을 상상하면 목이 탔다.

고맙게도 주마등에서는 이런 염려 없이 준비된 죽음을 맞을 수 있었다. 숙식과 간병을 포함한 모든 서비스가 외부 기관 수준 이상이었다. 지나친 무상 복지라는 얘기가 있었다. 운영이 안정화되고 인지도가 높아지면 고가의 체류비가 책정될 거란 추측이 따랐다. 누구에게도 피해를 주지 않고, 피해도 받지 않을 이곳은 안락사 희망자들에게 점점 마지막 둥지로 여겨졌다. 주마등 밖을 나가는 이가 적긴 했지만 주말 이틀은 외출이 가능했고, 아직까지 그런 지원자는 없었지만 입소한 지 삼개월이 지나도 임종을 연장할 수 있었다. 대가는 터무니없이 간소했다. 행복했던 기억을 꺼내 보여주기만 하면 됐다.

　—눈을 감고 근육을 이완시키세요. 잡념은 잠시 잊고 누운 자세 그대로 충분히 쉬세요. 나는 작아집니다. 천천히, 깊숙이 숨을 들이마시고 내쉴수록 나는 없어집니다.

　명상 지도 강사가 지원자들 손목에 아로마 오일을 뿌려주며 말했다. 조도를 낮춘 실내는 침침했다. 허이경은 눈을 뜨고 벽 한편을 쳐다봤다. 거기엔 잘랄 아드딘 무하마드 루미의 시가 적힌 액자가 걸려 있었다.

　모든 타인으로부터 혼자가 돼라. 벽을 마주하고 앉아 자신의 존재로부터 은둔을 선택하라. 이 결정 이후에는 말할 수 없고 지금부터 말하는 것은 나의 일이 아니다. 친구들이여! 작별이네. 나는 죽었네. 옷가지들도 천국으로 가져가겠네. 불구덩이에서 장작처럼 타며 형벌의 고통을 받는 대신 천국에서 사랑하는 이의 곁에 머물겠네.

　1207년생 페르시아의 신비주의 시인은 자신의 시가 임종 연구소에 쓰일 줄 알았을까. 고른 구절은 이곳과 너무 절묘하게 맞아떨어져 더 석연치 않았다. 허이경은 번질거리는 손목을 코에 갖다 댔다. 은근히 독한 쑥향이었다. 눈이 잘 감기지 않았다. 주마등에 온 후로 불면도 더 심해졌다. 이곳 특유의 고즈넉하고 패배적인 분위기에 적응하는 데는 시간이 꽤 걸릴 것 같았다. 건강 상태와 관계없이 허리를 구부리고 다니는 사람들에게서는 미지근한 실패의 기운이 감돌았다. 그럴 때마다 그는 지하철 1호선에 앉아 있는 기분이, 러시아 소설 한복판에 들어온 심정이 되곤 했다. 청소년수련관 상담실, 도서관 행정실, 복지센터 민원실, 한식 뷔페, 마트. 이 끈끈한 기분은 일터가 바뀌어도 곧장 찾아들던 평정심과 비슷했다. 일정하게 이어지는 선. 체념이란 하강하는 선이 아니라 높낮이가 없는 선일 것이다. 흔하고 평평하고 눈에 띄지 않는 일직선. 사람들이 조용히 돌아버리는 이유는 그 완만한 선이 영원해 보이기 때문 아닐까. 집을 떠나 집으로 돌아오는 이야기, 도에서 시작해 도로 끝나는 음계, 사라졌다 나타나고 사라졌다 나타나는 까꿍 놀이. 안도와 쾌감을 주는 반복이란,

끝없이 둥근 순환이란 어째서 어느 순간 광기로 이어질까. 갑자기 재채기가 터져나왔다. 허이경은 급히 그곳을 나왔다.

— 언니, 명상도 해? 가지가지 한다.

다른 지원자들의 말대로 무례한 장에스더였다.

— 사람 놀라게 하지 마. 염탐하는 게 자랑이야?

— 와, 난 그냥 지나가는 길이었어. 되게 자기중심적이네.

— 그럼 지나가.

— 그래도 반말 써준 사람은 처음이니까 하나 알려줄게. 여기 교습 중엔 그나마 글쓰기반이 제일 나아. 저 명상 강사, 자격증도 없어.

연구소엔 각종 취미반이 마련되어 있었다. 지자체가 운영하는 보통의 문화원 강좌와 커리큘럼이 비슷했다. 요가와 명상, 그림, 글쓰기, 초급 기타, 합창, 공예 등의 수업이 다목적실이라는 하나의 공간에서 이뤄졌다. 책걸상의 배치가 자주 바뀌었다.

―자기 고유의 시선과 해석이 기억을 강화시켜줄 거예요. 감정을 되도록 솔직하게 쓰셔야 해요. 그래야 소중한 걸 포착할 수 있어요.

―아이고, 내 생각은 별 볼 일도 없는데요. 변변찮아.

―이거 골만 아프네. 선생님, 이럴 거면 저 공예반 가요. 가서 손녀 얼굴이나 빚게.

―관둬. 하나도 안 닮았을 텐데.

첫 수업 때는 지원자들이 손뼉을 치며 웃었다. 교실 공기가 산만했다. 강사는 거창하고 그럴듯한 생각은 중요하지 않다고, 각자의 우주는 작은 말로 이뤄져 있다고 가르쳤다. 글쓰기반에서는 일기나 수필을 시작으로 유서까지 쓸 수 있었다. 유서의 내용은 회를 거듭할수록 구체적으로 변했다. 그건 남겨진 사람에게 공표할 목적이 짙은 일반 유서와 달리 자신만을 위한 기록, 그러니까 주마등으로 삼을 일화를 발굴하기 위한 서술에 가까워졌다.

―오늘 거 읽어줄게. 그날 아침에 풍기 갔다가 저녁에 대전 도착했다. 전화가 계속 왔는데 양손에 짐이라 지하철 보내고 받았더니 고객이 계약 해지하고 싶다고 했다.

약콩효소, 행주, 까마중잼, 영화 티켓, 커피 쿠폰. 다 받아 놓고 보험금 몇달 치도 내가 대신 내줬는데 또 딴소리다. 작은 딸내미가 무랑 새송이랑 표고를 넣어 밥을 지어놨다. 달래간장에 마른김을 싸 먹으랬다. 표고 줄기를 더 불려야 안 질긴데 그래도 맛있게 먹었다. 갑자기 발마사지를 해준대서 놀랐다. 간지러워서 더 세게 때리라 했다. 내가 코를 골며 잤다고 했다.

　　—이거 네가 쓴 게 아니잖아.

　　—염재선, 이 사람은 임팩트 넘쳐. 딱 한줄. 아들 내외랑 통화했다.

　　—그만 읽어. 그거 자리에 도로 갖다 놔.

　　허이경은 노트를 빼앗으려고 했다. 장에스더는 몸을 피하며 말했다.

　　—웃기지 않아? 가본 적도 없는 주제에 화성에서 죽고 싶다는 사람, 모래 결정 속에서 세상을 뜨겠다는 현미경 렌즈 제작자도 있어. 외워버린 이야기도 말해줄까.

　　—내놔. 당장.

　　—어떤 남자는 꿈에서 자기 성기가 사라진 적이 있었

는데 그때가 제일 행복했대. 교도소에서 아기를 낳은 여자는 운동장에서 아이가 달려와 안길 때 애를 끌어안고 죽고 싶다더라. 감동이지? 마라톤 대회에 나갔던 여자도 있어. 그 여자가 옛날 애인한테 그 동네를 지난다고 했대. 마라톤 코스니까 혹시 나와 있으면 얼굴 볼 수 있을 거라고. 근데 그 사람, 진짜 집 테라스에 나와 있었대. 여자가 자기 알아보기 쉬우라고, 페이스북 프로필 사진 구도랑 똑같이 수국 화분 옆에서 케틀벨을 들고! 그 여자는 애인을 십초쯤 봤대. 그리고 또 달렸대. 이 사람, 그 순간으로 다시 가서 죽고 싶다고 썼다?

허이경이 장에스더의 노트를 가로챘다.

　——꼴사나운 애네. 너는 얼마나 대단하게 죽게?

허이경은 말을 뱉자마자 그가 십대라는 사실을 깨달았다. 배배 꼬인 심성을 부풀리고 하한선 아래를 질릴 때까지 드러내는 나이였다. 이래도 좋아할 거야? 이래도 상대할래? 소리 없이 성인들을 시험한다. 인내심, 관대함, 아량. 관문을 통과하더라도 소용없다. 한번 응하면 엇비슷한 평가가 내내 이어질 것이다. 허이경은 장에스더가 거쳐온 환경을 짐작할 수 있을 듯한 기분이 들었다. 문제만 이고 오는 아버지, 도망갔거나 방관하는 어머니. 지겹고 강력한 원인이었다. 양육자가 아니더라도, 가정 밖에서라도 이런 역을 충실히 맡을 인물들은 널리고 널렸다. 장에스더의 뇌엔 도파민과 세로토닌 같은 신경전달물질이 엉망으로 흐를 수 있다. 지원자들이 꺼려하는 이 아이는 조현병이나 의존성성격장애를 겪고 있을지도 몰랐다. 보호받아야 할 기간에 겪은 건 가난과 폭력이었을 확률이 컸다. 이곳에 너무 일찍 들어왔다는 게 그런 이력을 증명했다. 허이경은 말려올라간 그의 소매를 쳐다봤다. 팔뚝에 실금이 가득했다. 그도 아는 창피하고 친숙한 흉터였다.

— 미안해. 말이 너무 심했어.

장에스더가 대꾸 없이 뒤돌아 뛰기 시작했다. 허이경은 그쪽으로 달려갔다. 센서 등이 연이어 켜졌다. 어둑했던 복도가 환해졌다. 다목적실 앞에 선 그들은 서로를 물끄러미 바라봤다.

— 이거 제자리에 두고 올래?

허이경이 장에스더에게 노트를 건넸다. 노트를 받아든

그는 발등을 내려다봤다.

　—두고 오면 좋겠어.

　잠시 후 문을 열고 나온 장에스더가 허이경을 따라 복
도에 앉았다.

　—다리 알 밴 것 같아. 살 빼서 잘 달릴 줄 알았는데.

　—뭐 하러 뺐어?

　장에스더가 턱에 난 여드름을 오래 만지다 물었다.

　—언니는 왜 죽지 말란 말을 안 해?

　허이경은 그의 가는 머리카락과 부르튼 입술을 몰래 쳐
다봤다. 자신을 노골적으로 탐색하고 있는 건 이 아이라
고 생각했다. 하지만 누군가를 함부로 샅샅이 보는 건 자
신이었고, 그 각도와 화소를 티 나지 않게 조율할 수도 있
었다.

　—결정이 바뀔 수도 있겠지. 그래도 일단 네가 고민해
서 내린 선택이니까.

　—다 말렸어. 혀 차고 화내고. 근데 죽지 말라고만 하
고, 왜 죽으려고 하는지는 안 물어.

　둘의 보라색 유니폼이 더 칙칙해졌다. 해가 진 지 오래

였다. 실내 등도 꺼져 있었다. 장에스더는 양손으로 무릎 하나를 끌어안았다.

—언니는 그런 거 없어? 난 둘째 발가락이 둘째 발가락 같지 않아. 여길 두번째 발가락 자리로 느껴본 적이 한 번도 없어. 이상하게 셋째 같아. 다른 발가락은 순서에 맞게 있는데 두번째 발가락은 평생 없는 것 같아.

—평생?

둘 사이에 침묵이 흘렀다. 허이경은 그가 곧 마음속 해묵은 짐을 풀어놓을 거란 예감이 들었다. 의존과 집착의 계기는 이렇듯 사소하다. 상대를 좀먹는 피폐한 관계도 가벼운 호감에서 출발한다. 다른 곳에서라면 달아났겠지만 여기라면 상관없지 않나. 노력하지 않기 위해 온 곳이니 극복할 것도 없다. 될 대로 되겠지. 더는 힘내라는 말을 듣지도, 하지도 않을 것이다. 장에스더가 말을 이었다.

—팸 언니들을 따라 업소에 갔어. 안 가면 오빠가 때리니까 말로 할 때 가야지. 술 마시면서 얘기만 들어주면 된대. 다들 성병 예방약을 먹고 있으면서, 성기에 옮은 부스럼 치료나 하고 있으면서 말만 번지르르. 터진 입이라

고 아무렇게나 격려를 하더라. 그래서 업소 사장이 방으로 들어가라는 말에 놀라지도 않았어. 삼십대였나. 양복에 넥타이에 멀쩡해 보이는 남자 하나가 술을 따르고 있더라고. 날 보더니 볼 가까이 입술을 내밀다가 한숨을 쉬어. 막 갑갑하다는 표정. 한참 있다가 가슴을 보여달래. 웃옷을 벗었어. 남자가 가만히 있더니 나가라네. 네? 그냥 나가요? 고개를 내려다봤지. 가슴 밑에, 살에 눌려 생긴 갈색 땀띠가 있었어. 오돌토돌, 모공도 넓고. 누가 잠깐 자는 것도 싫어할 몸뚱어리. 이년 전 고도비만이었을 때야. 그날 옷을 다시 입으면서 오래 안 살 거라고 다짐했어. 누가 욕심조차 안 내. 어린데도 거들떠보질 않아. 다 거지 같았어.

장에스더가 무릎에서 손을 내렸다.

—나도 둘째 발가락 같은 거야. 태어났는데 태어난 것 같지가 않아. 이 자리가 아니야. 난 여기 있는데 여기 없어. 살고 있는데 사는 게 아니라는 생각만 들어.

—에스더, 원하면 누구와도 잘 수 있어. 근데 그놈이랑 안 잔 건 다행으로 여겼으면 좋겠다. 몸은 누구랑 잠깐 자라고 있는 게 아니야.

장에스터가 인중을 긁으며 웃었다.

　—언니는 왜 여기까지 왔어?

　—남편이 교통사고로 죽었어. 마트에서 집에 오는 길에. 십오분도 안 되는 거리인데.

이튿날부터 장에스터와 허이경은 같은 방을 썼다. 종종 있는 일이라 운영팀이 불허할 이유는 없었다. 손바닥의 한포진을 터뜨리고 있던 장에스터의 룸메이트는 부탁을 듣자마자 짐을 꾸렸다. 얼굴빛이 누리끼리한 간병인이 침구와 욕창방지 매트를 들어냈다. 허이경은 그가 떨어뜨린 기저귀 박스와 스도쿠 책자들을 주워 건넸다.

• 참고도서
잘랄 아드딘 무하마드 루미 『루미 시집』, 정제희 옮김, 시공사 2019.

3장

결함

—오늘만 같이 있을 거야. 미안해.

　—와, 안녕. 네가 태현이니?

　이렇게 안 귀여운 아이는 처음이다. 천미조는 정오의 아들을 보고 맥없이 웃었다. 입가에 힘이 들어가지 않았다. 어떻게 자라날지, 어떤 인간이 될지 전혀 궁금하지 않은 인상이었다. 속단하지 마. 알 수 없잖아. 천미조는 몇초 후 고개를 저었다. 그저 우아한 위장이었다. 사실은 아이의 미래 따위 알기 싫었다. 피부와 관절은 연해 보이지만 결국 한 사람의 육체와 정신을 무리하게 뒤틀며 나온 생물이다. 아이는 더디고 지루하게 성장한다. 척추, 혈관, 기도, 망막, 뇌 전부 허약하다. 정오는 이 혈육을 기르며 늙어갈 것이다. 그가 아내와 재혼할 확률은 없어 보였다. 몇 번의 별거와 그만큼의 재결합 후에 벌어져버린 틈이 있었다. 아이와 출근한 정오의 얼굴은 푸석푸석하고 부기가 심했다. 여느 기혼자들의 기억처럼 그도 결혼 전엔 더 가뿐히 지냈을지 알고 싶었다. 천미조는 정오의 등판을 바라봤다. 아이를 보조 침대에 앉힌 그가 말했다.

　　─미조씨, 데이터를 보다보면 사람이 꼭 책 같지 않아? 어쩌면 다들 소설로 살다 시로 죽는 게 아닐까.

　　─뭐? 참신해서 소리 지를 뻔했어. 늦게 와서 왜 이래.

　　천미조는 입을 막는 시늉을 했다. 그는 정오의 얼굴에서 미처 정리하지 못한 코털을 발견했지만 모른 체했다. 정오는 어제 죽은 지원자를 떠올리고 있었다. 시외버스터미널에서 누군가를 끈기 있게 기다리던 사람이었다. 아들을 만난 여자는 그의 팔뚝을 오랫동안 어루만졌고 그곳에서 눈을 감았다. 정오는 천미조에게 그 장면을 보며 울었다고 말할 수 없었다. 천미조는 양육자들이 품는 애착과 집착은 한끗 차이이며, 정오가 받았다는 감동의 상당

부분은 그의 이기심과 가학성 때문이라고 비난할 것이다. 그토록 절실한 기다림이란 고통이지 아름다움이 아니라고 주장할지 모른다. 모성애 안의 맹목성을, 그전에 강요된 모성을 좀 살피라고 조언할 수도 있다. 천미조가 의자를 완전히 돌리고 말했다.

─누군가 정독해주길 바라지만 끝내 안 펼쳐지는 책이 많다는 면에서는 비슷하네. 그렇게 보면 소설도 시도 아니지. 아무도 안 읽는 희곡 아냐? 근데 알잖아. 기억들은 책보다 재미없다는 걸. 행복하다고 꼽은 장면이 죄다 지루해. 다들 제대로 된 섹스를 안 해봐서 그런가? 뭐, 아프기만 했겠지.

정오가 미간을 찌푸렸다. 그는 과감한 농담을 꺼렸다. 자리에 아이가 없었더라도 인상을 썼을 것이다.

─질색할 줄 알았어.

천미조는 옥상에서 친구들과 소주를 마시며 정치 얘길 하던 사람을 생각했다. 마지막으로 택하기엔 너무 평이하고 적적한 풍경이었다. 주마등까지 와서 자기 방의 요를 깔고 누운 사람도 있었다. 자유가 번거롭다는 듯 고작 두

평짜리 공간에서 잠드는 것으로 삶을 마쳤다.

　─근데 어떤 지원자는 다시 깨워서 묻고 싶다니까. 정말 여기서 이렇게 죽고 싶었어요? 진짜 이게 다예요?

　대다수 지원자의 기억은 연구소 밖 사람들이 예상하는 것처럼 자극적인 회상과는 거리가 멀었다. 시뮬레이션 초반엔 자신의 존재 가치와 효능감이 가장 높았던 시기를 골라냈지만 오래가지 않았다. 그런 요소는 건축물의 외부 장식과 비슷했다. 마치 건물을 지탱하는 것처럼 보여도 실제로는 필요하지 않은 재료였다. 중요하지 않은 것들을 들어내면 몇 되지 않는 골자가 남았고 그들은 그 가느다란 뼈대로 서 있었다. 임종을 맞는 이들의 뇌엔 주로 옥시토신이 돌았다. 유대와 안정을 느낄 때 분비되는 호르몬이었다. 의미와 목적은 점점 더 옅어졌다. 장엄한 음악, 광활한 풍경은 금세 걷혔다. 드러나는 기억들은 보잘것없었다. 구간 폭도 굉장히 짧았다. 그들은 잘고 사소한 일화를 짚어냈다. 무언가를 애틋해하고 있었다.

　천미조는 아이의 머리통을 가볍게 쓰다듬었다. 애정과

관심 한가운데 있다고 여기는 나이. 남들이 내보이는 선의의 동기나 한계를 상상하지 못하고 상상하지도 않는 시기. 천미조는 그런 시절의 소실점을 찾을 수 없었다. 너무 일찍 통과한 지점이었다. 그는 화면으로 시선을 옮겼다. 아침에 임종을 맞은 48세 태국 여성 지원자의 영상이었다.

─언우마 씨네.

아이에게 요거트를 떠먹이던 정오가 그를 알아봤다. 유니폼에 이름이 붙어 있기도 했지만 몇 안 되는 외국인들의 이름은 직원과 지원자 모두가 기억하고 있었다.

─그거 흐른다. 애 턱 좀 닦아줘.

정오가 아이 얼굴에 묻은 요거트를 손등으로 닦았다. 고개를 젖힌 아이가 남은 요거트를 바닥에 쏟았다. 정오는 낮게 한숨을 쉬었다. 그가 울음을 터뜨리는 아이를 안고 밖으로 나갔다. 천미조는 가만히 화면을 바라봤다.

202번 16인승 마을버스는 노을 속을 헤치며 달리는 중이었다. 승객은 언우마를 빼고 일곱명이었다. 짙은 핏빛 석양이 버스 안을 가득 채웠다. 붉은 실내는 좁다란 연극

무대 같았다.

　— 에유, 짐도 많은데 서서 가면 다리 아프고 편찮어유. 이리 와유. 자리 있슈.

　한 여자가 언우마를 향해 말했다.

　— 이잉, 이이이, 이이잉.

　눈동자가 혼탁한 남자가 손을 크게 휘저었다. 앉으라는 뜻이었다. 그는 손발을 두드리며 얼굴을 일그러뜨렸다. 짐이 엄청나게 무거워 보인다는 동작이 어떤 언어보다 확연했다. 언우마는 승객들이 가리키는 뒷자리로 들어섰다. 때이른 겨울용 파카를 입은 소년이 옆에 앉아 있었다. 먼지와 얼룩으로 뿌연 파카였다.

　— 저짝에 소나무 잘랐네.

　— 긍게, 시원하네. 코너 돌 때마다 안 보였잖어. 갑자기 차 튀어나오면 그냥 골로 가는 겨. 위험하다고 몇년을 말했는데 시청 사람들이 일 잘했네.

　— 내가 있잖여, 배추밭 얼매나 힘들게 팔았는지 말했어?

　— 이이, 말했슈.

　— 젊은 놈이 밭뙈기 쬐깐하다고 무시를 하는 겨. 똥값

을 불러.

　―못된 놈이네.

　―그러게, 아주 못되게 구는 놈이네.

　―시세도 모르는지 알고 흘려본 겨. 따지니까 그때야
제값을 불러야.

　―이이, 욕봤슈.

밭을 판 노인은 사람들의 호응이 따라붙자 몸을 아예
뒤로 틀었다. 웅변을 하듯 목소리가 커졌다. 언우마 옆의
소년이 몸을 들썩거리기 시작했다. 혼잣말을 중얼거리며
고개를 툭툭 꺾었다. 버스가 농가 앞 정류장에 섰다. 소년
은 문이 열리자마자 버스 앞을 가로질러 달렸다. 넘어질
듯 위태로운 뜀박질이었다. 운동화가 벗겨질 듯했다. 승
객들은 달리는 소년을 보기 위해 고개를 일제히 왼쪽으로
돌렸다.

　―왜 저러는 겨. 저러다 자빠지겠네.

　―뭐여. 집에 꿀단지 숨겨놨는가.

버스 안 승객들이 웃기 시작했다. 소년 맞은편 멀리 뭔
가 희끗한 게 있었다. 흰 개였다. 꼬리가 프로펠러처럼 돌

고 있었다. 승객들이 내다보는 창 전면에는 왼쪽으로 뛰는 소년, 긴 목줄이 팽팽해질 때까지 오른쪽으로 몸을 뒤트는 개가 있었다. 가로 폭이 긴 창문들은 스크린 같았다. 소년과 개가 만났을 때 승객 두셋이 탄식을 했다. 둘은 주저앉은 자세로 서로를 정신없이 안았다. 소년의 옷과 흰 개의 털에는 금세 흙이 묻었다. 기사도 그 풍경을 지켜봤는지 차가 늦게 출발했다. 마을버스는 다시 덜컹였다.

— 아가씨는 여기서 일해유?

— 네, 식당 해요. 남편이 농협삼거리에서 백세보신탕 팔아요.

— 그류. 젊은데 애쓰네.

— 상차림만. 저는 계산하고 상만 내요. 힘들게 안 시켜요.

언우마는 좌석 손잡이를 천천히 붙잡았다. 손톱마다 색색의 매니큐어가 발라져 있었다. 팔뚝은 팔찌와 문신으로 화려했다. 그는 손거울을 꺼내 똬리 모양으로 틀어올린 자신의 뒷머리를 비춰봤다. 채비를 마친 그가 일어섰다.

— 감사합니다.

──이이, 이잉잉.

승객들이 언우마에게 인사했다. 하차한 그는 봉투를 내려놓고 손을 크게 흔들었다. 버스가 떠나자 그가 다시 짐을 들었다. 양손엔 마트 로고가 찍힌 비닐이 들려 있었다. 생활용품으로 터질 듯한 봉투였다. 몇발짝 걸어나가자 커다란 벚나무 둥치가 나왔다. 그는 장판을 씌운 평상에 봉투를 내려놓고 손목을 털었다. 허리도 몇번 돌렸다. 평상 아래 고들빼기가 자라난 자리에는 새가 지저분하게 쪼아먹은 솔방울이 굴러와 있었다. 봉투에서 가벼운 물건들이 툭 떨어졌다. 맨 위에 있던 두리안 커스터드 케이크와 비누 상자였다. 마트 진열대를 몇번이나 돌다 바구니에 넣은 물건이었다. 태국어가 적힌 주황색 비누 상자엔 조그만 망고 그림이 인쇄되어 있었다. 언우마는 포장을 벗겨 비닐 바깥으로 새어나오는 향을 들이마셨다. 평상에 걸터앉은 그는 눈을 감았다. 옆의 나무껍질이 꿈틀거리기 시작했다. 어둡고 반질반질한 수피 위로 수십개의 정맥이 돋아났다. 노인의 손이었다. 둥치가 순하게 흔들렸다. 나무 몸통에서 한 여자가 걸어나왔다. 언우마는 그를 천천히 안았다.

—마미.

암호는 두 글자였다. 이날을 꼽았구나. 여기가 제일 좋았구나. 태국을 떠난 지 오래인 지원자였다. 천미조는 그가 배치한 장면을, 그의 일상에서 가장 따스했을 한때를 지켜봤다.

화장실에서 아이를 씻긴 정오는 복도 끝에서 그림을 보고 있는 허이경을 발견했다. 더 나은 죽음을 맞기 위해 이곳에 온 허이경은 그런 지원자치고 묵묵한 편이었다. 트레이닝도 시도하지 않았다. 정오를 올려다본 아이는 그의 시선이 향하는 쪽으로 달려갔다. 머뭇거리던 정오가 발을 뗐다.

아이가 워봇에 붙은 스티커를 떼어내려 애쓰는 동안 둘은 짧게 인사했다. 시시한 말이 오갔다. 정오는 처음으로 허이경의 얼굴을 온전히 마주했다. 시간의 질이 미세하게 달라지는 것 같았다. 주마등에서 또래를 보는 게 흔한 일은 아니었다. 부작용을 물으며 명소장을 난처하게 했던 이 지원자는 요새 장에스더와 어울려 다닌다고 했다. 이곳 생활이 그에게 가벼운지, 무거운지 짐작할 수 없었다.

— 여긴 마크 로스코 모작들이 왜 이렇게 많아요?

정오가 웃으며 대답했다.

— 아무래도 마음이 편해지니까요. 밝고 무난하고 조용히 명상하기도 좋고.

— 노년의 마크 로스코는 어두운 색만 썼어요. 큰 화폭을 컴컴하게 칠했대요.

꼭 필요한 말만 하는 건 아닌 듯해 정오는 마음이 놓였다.

— 이경씨는 다른 화가 좋아하시나봐요.

— 이 할아버지도 좋아하는데, 추상화만 보기엔 지루해서요.

짐작보다 활기가 도는 사람이었다. 정오는 코를 긁으며 물었다.

— 음, 영화나 드라마. 간이 체험 프로그램 같은 건 어때요. 인기 많은 것도 있는데.

— 해봤는데 별로. 하품 나왔어요.

— 와, 그거 저랑 천미조씨가 같이 만든 건데요.

— 몇개는 괜찮았어요. 청도랑 맨체스터는 가보고 싶
기도 했고. 그나마 재밌는 곳은 아마 천미조씨가 설계한
곳일 것 같은데. 맞죠?

— 그렇게 붐비는 데가 좋은 분이 여긴 어떻게 와 있어
요? 워봇은 안 지루하고?

— 인생을 포기하고 결국 발 없이 내딛는 것. 그게 제
일이니까요.

— 으, 그런 격언을 외우고 다녀요?

— 옛날 미국 드라마 「그레이스 앤 프랭키」에 나온 고
대시예요. 누가 쓴지는 아직도 모르겠어요. 알게 되면 죽
기 전에 알려주세요.

아이스크림 모양 스티커를 떼어낸 허이경은 아이에게
그걸 건네고 복도로 걸어나갔다. 잠시 뒤 정오는 티셔츠
속에 조심스레 손을 넣었다. 허리춤에서 땀이 배어났다.

식당에서 나온 지원자들이 봤던 영화를 또 보기 위해
상영실로 향했다. 몇몇은 인솔자를 따라 활동실에 들어섰

다. 시설 안내 교육과 간략한 영상 체험이 이뤄지는 곳이었다. 건전하고 단조로운 여행 코스는 단체 입장이 가능했다.

크루즈, 잠수함, 열기구에 들어가 내다보는 세상은 이전보다 따스하고 친절했다. 넓은 거리엔 관광객이 붐볐지만 정신은 깨끗했다. 허리와 무릎에 통증이 느껴지지 않았다. 누군가 어깨를 세게 밀치고 가는 일도, 가방을 도둑맞는 일도 없었다. 열쇠고리를 사라고 귓가에 고함을 지르는 사람도 없었다. 현지 상인들이 음식 값을 두배로 받으며 너희 말은 못 알아듣겠다는 표정을 짓지도 않았다. 낯선 요리도 그런대로 괜찮았다. 기억 속 가장 좋은 외투와 모자를 걸친 이들은 웃으며 골목골목을 지났다.

죽기 전까지는 암담하게 기나긴 시간과 맞서야 했지만, 죽음을 목전에 두고 필요한 연습과정을 밟을 때는 시간이 세차게 흘렀다. 늘 역방향이었던 세월은 이곳에서 천진하게 몸을 틀어주었다. 마찰과 혼란이 줄어든 일상은 전에 없이 매끄러웠다.

활동실에 자리를 잡은 다섯명은 볼로냐에서 파리로 향

하는 야간열차에 올랐다. 그들은 침대칸에 앉아 너른 벌판, 점점의 불빛, 청회색 창고들을 눈에 담았다. 국경을 뚫고 나간다는 기분이 들지 않는 잔잔한 밤기차였다. 이들은 덜컹거리는 차체와 불규칙적인 소음을 좋아했다. 얼룩묻은 시트와 곰팡이 냄새에 깊이 안심했다. 아무 방해물없이 쾌적하게 설계된 초기 코스에 수정을 가한 버전이었다. 견딜 만한 변수를 넣자 찾는 이들이 점차 늘었다. 타본적 없는 열차로 가보지 않은 나라들을 거치는 동안에도사람들은 사소한 불편을 그리워했다.

지원자를 추모하려는 방문객 중엔 가족보다 친구가 월등히 많았다. 고인이 운영하던 블로그나 유튜브를 구독하던 이들이 찾아오기도 했다. 가끔씩 먼 친척이 시신을 확인하는 일도 있었다.

— 전형숙씨 7월 16일 낮 2시 43분에 영면하셨습니다. 마지막 기억은 보호자분께 보여드려도 된다고 서명하셨는데 보호자님도 동의하시나요. 괜찮으시면 확인하시겠어요?

전형숙은 남편과 함께 코다리 냉면과 만두를 먹었다. 식당을 나선 그들은 살구꽃이 핀 개천 길 위에 멈췄다. 맑은 날이었다. 청둥오리 두마리가 물 밖으로 나와 털을 골랐다. 어느새 동행하던 남편은 사라지고 없었다. 그 자리엔 같은 동네 이웃이었던 보호자가 서 있었다.

—너무 예쁘다. 어쩌면 이렇게 예쁘니. 소담스럽게도 피었네.

전형숙은 그와 함께 낮은 가지에 움튼 꽃망울을 한참 동안 들여다보았다. 화면을 본 여자가 훌쩍이기 시작했다.

—이 길 저랑 자주 나갔어요. 저 머플러도 형숙이가 사줬어요.

잔털과 씨방이 화면 가까이 들어왔다.

—아이고, 예쁘다.

옆에는 아무도 없었다. 계곡물 소리와 함께 호랑지빠귀 소리가 드문드문 들렸다. 그는 휠체어를 더 밀고 나아가지 않은 채 그곳에서 홀로 눈을 감았다.

몇몇이 죽고 몇몇이 새로 들어왔다. 지원자 다수가 작

고 아늑한 죽음을 맞이했다. 보편적인 임종 장면엔 친구와 연인과 가족이 등장했다. 원하는 시공간에서 사랑했던 이들을 만난 지원자들은 짧은 안부를 나눈 뒤 주저하지 않고 암호를 댄 후 이곳과의 접속을 끊었다. 미안하다, 고맙다, 사랑한다,라는 말이 제일 자주 나왔다.

본인이 아니면 설명할 수 없는 이야기도 있었다. 무난한 시작점에서 출발한 서사들은 기이한 장소로 이동하다가 독특한 결말을 맞았다. 폭우 속에 맨발로 선 사람, 상가 시멘트 바닥에 앉아 족발을 뜯는 사람, 설원에서 거인을 만난 사람, 자신의 가슴과 엉덩이 지방을 떼어낸 뒤 평평해진 몸을 감상하는 사람, 기차 선로를 걷는 사람, 링 위에서 피투성이가 된 사람, 굽이치는 강물을 하염없이 보는 사람, 국도변에서 멜론을 씹는 사람, 전시장에 서서 춤추는 발이 나오는 화면을 바라보는 사람, 땀을 흘리며 철판 요리를 하는 사람, 밤에 절벽 둘레를 거니는 사람, 자신이 그린 마을 뒷산 속으로 들어간 사람, 트럭의 돼지들과 함께 웅크린 사람, 어린 자신을 만난 사람.

일부 지원자들은 상담에서 한번도 밝히지 않은 이야기

속에 놓여 있곤 했다. 아들이 태어났을 때가 가장 기뻤다는 여자는 국립극단의 연극 공연장 맨 뒷자리에 앉아 눈을 감았고, 딸이 대학에 합격했던 날이 제일 행복했다는 남자는 한낮에 자신의 파밭을 우두커니 바라보다 임종을 맞았다.

　—주말여행은 피했어요. 여건이 어려울 땐 일요일, 월요일 이틀로 일정을 짰죠. 최소한 평일 하루는 넣었습니다.

　—그 도시의 평범한 얼굴을 보고 싶어서인가요.

　—맞아요. 어디나, 누구나 비슷비슷하다는 판단을 할 때 마음이 편해졌거든요. 그런 여행을 질리게 했어요. 그러니 저는 아마 제 서재 앞에 서 있게 될 것 같네요.

　폐암 말기의 노어 교수는 임종 직전 상담을 길게 받았다. 메모와 발음이 전부 오래 걸렸다. 도착한 곳도 서재가 아니었다. 남자의 회상은 시시때때로 바뀌었다. 그가 도달한 곳은 적막한 강의실이었다. 의자에는 그가 삼십오년간 좋아했던 학생이 앉아 있었다. 그는 그곳에 멈췄다. 다른 곳으로 떠나지 않았다.

— 행복을 기억하는 일은 어렵죠. 왜냐. 짧은 순간이니까요. 하지만 의식이란 '셀 수 없이 많은 창고로 치장'되어 있습니다. 거긴 '광활한 방들이 겹겹이 차 있는 곳'이에요. 충분히 열어볼 가치가 있어요. 다만 신중히 말이죠.

명소장은 아우구스티누스의 말을 자의적으로 인용했다. 개소일을 기념하며 개최한 강연이었다. 강연이든 교육이든 피상적인 내용의 행사는 끊임없이 이어졌다. 상담, 면담, 테스트, 트레이닝, 시뮬레이션. 비슷한 내용을 굳이 다른 명칭으로 분할한 일정도 밟아야 했다. 건물 안에만 머무는 지원자들에겐 햇볕을 쐬어야 한다는 권고도 들어왔다. 면역력을 높이는 규칙적인 생활이 기억을 활성화시킨다는 게 이유였다.

— 잊을 만하면 단체 행사야. 염병, 합법적으로 죽겠다고 진짜 애를 쓴다.

— 헛, 우리가 죽으러 온 걸 까먹었나봐.

대강당에 들어서던 지원자들이 중얼거렸다.

— 원하는 시간과 장소는 얼마든지 구현 가능합니다.

이제는 고통 없는 죽음 이상을 바랄 때가 됐어요. 자학, 자해, 자살. 전부 어리석고 끔찍한 짓이죠. 우리는 세상과 기쁘게 작별할 수 있어야 해요. 여러분은 그런 비전을 품은 선구자들이십니다. 질문 있으신 분?

맨 앞줄의 지원자가 손을 들었다. 주마등에 들어온 지 얼마 안 된 사람이었다.

─상담 때도 여쭙긴 했는데, 검사 기록은 당연히 노출되지 않는 거죠?

명소장이 미소 지었다. 개인정보가 공공재와 마찬가지라는 사실은 지원자도 그도 익히 알고 있었다. 몇번의 추적이면 금세 드러난다. 동선, 취향, 생활 방식, 사고의 흐름, 누구에게도 알리지 않은 이야기. 보호가 될 거란 믿음은 환상에 불과했다. 그런데도 지원자들은 형식적으로 질문했다. 성의 없는 답변도 안도를 줬기 때문이다.

─그럼요. 휴대폰 데이터, 인터넷 활동과 기록, 카드 내역, CCTV가 훨씬 시끄러울걸요. 상담 내용은 지원자와 연구원만 공유하고요. 처음과 마지막 화면도 기한이 지나면 폐기합니다. 게다가 저희는 선택된 기억 구간만 설계

하죠. 예, 밝은 영역. 인생에서 제일 기쁜 추억요. 선생님은 그 속에서 원하는 대로 계실 수 있어요.

　—저기, 원하는 대로면 얼마만큼요? 제한시간이 없어요?

　—좋은 질문이네요. 마지막 시공간을 찾으실 때까지 머무셔야죠. 오래 계셔도 괜찮아요, 선생님. 하지만 너무 긴 체험은 추천하지 않습니다. 기억이 쌓이면 의식과 무의식이 조금씩 얽힐 수 있으니까요. 임종 때 겪으실 장면들이 튼튼할 수 있도록 미리 연습을 하시는 게 좋아요.

　서로를 힐긋거리던 지원자들이 작은 목소리로 속삭였다.

　—저 양반 뭐래는 거야? 아무튼 빨리 끝내는 게 좋다는 거지?

　—오래 자리 차지하면 바쁜 선생님들이 좋아하겠어? 뭘 얼마나 고르게?

　—계속 들여다보면 뭐가 나올지 모른다는 소리야?

　강당 이층 의자에 비스듬히 앉아 있던 천미조가 이마를 짚고 말했다.

—아주 지가 다 만들어.

처음 스캔한 로우(raw) 데이터가 얼마나 조잡하고 지저분한지 지원자는 알지 못했다. 상체를 일으킨 천미조가 말했다.

—다들 어떻게 자기 머릿속이 평화로울 거라 짐작하지? 골라냈다고 안심하나?

텀블러의 차를 한모금 삼킨 정오가 답했다.

—원래 신생아 한번도 못 본 사람들이 아기가 예쁠 거라고 착각하잖아.

—그렇게 초라한 생물도 드문데.

정오의 답이 없었다. 천미조는 무심코 내뱉은 말이 그의 기분을 긁었을까 고개를 돌렸다. 정오는 강당 뒷줄에 앉은 누군가를 바라보고 있었다. 입꼬리가 묘하게 올라가 있었다. 천미조는 그의 시선을 쫓았다. 상담을 포함한 프로그램 과정을 일체 미뤄대는 지원자였다. 말은 워봇과만 한다고 했다. 그런 그가 강당에 나와 장에스더 옆에서 웃고 있었다. 충분히 눈 밖에 나는 행동이라는 걸 모르거나 의식하지 않는 듯했다. 장에스더와 허이경은 여전히 생리

대가 필요한 지원자였다. 나는 여길 늦게 왔다. 욕심을 부렸다. 너무 오래 살았다. 지나치게 젊은 둘은 다른 이들에게 이런 자책을 품게 했다. 그들이 겪는 우울증은 뇌 안에 자리 잡고 있었다. 잠잠하고 고요해 눈에 띄지 않는 증상은 동정받기 어려웠다. 좀 조심해야 할 텐데. 천미조는 허이경의 머리통을 내려다봤다.

　─언니, 내가 오래 살아보니까 사기꾼들이 쓰는 말은 정해져 있더라. 왜냐, 다만, 얼마든지. 골수부터 사기꾼인 놈들은 어떻게 알아보게? 비전, 이 단어는 백 퍼센트야. 저 사람 저거 다 쓰네.

　─그걸 다 듣고 있었어?

　─의식을 열어 가상현실에 들어간다? 근데 거기서 누굴 만날 것 같아? 그냥 또 자기 자신이야. 수없이 많은 나를 보는 거라고. 다른 얼굴, 다른 모습도 죄다 변주된 것뿐이야. 죽을 때까지 자기한테 파묻히고 싶어? 스스로가 지겨우니까 다 때려치우려고 여기 온 거 아니냐고.

　허이경은 마트료시카를 떠올리고 피식 웃었다. 반짝이고 가볍고 텅 빈 인형들. 그건 임종을 기다리면서 그날의 체험을 연습하는 지원자들의 모습 같기도 했다. 그러나 뜻깊은 죽음, 진정한 작별을 위한다는 트레이닝은 그가 보기에 덧없었다. 악의로 만든 프로그램은 아니었다. 다만 그 원리는 뭐든 견디면 나아질 거란 세상의 격려와 똑같았다. 그리고 그가 알기로 고통이란 무엇을 붙잡으려고 할 때 생겨났다.

　— 난 이제부터 휴양지 사진만 본다. 경치만 외울 거다. 사람이 자기 자신한테 너무 집중하면 미치는 거야. 언니, 배지호 알지?

　— 아, 한두번 봤어. 말수 적은 사람이었는데 요새 안 보이네.

　— 그 사람 잘못된 거 몰라? 돌아버렸대. 여기까지 와서 망했어. 살지도 죽지도 못하고 병동에 계속 있잖아. 고주파 치료용 바지에 오줌까지 쌌대. 가족들 연락도 안 된다던데. 여기 직원들만 그런 얘기 안 해.

　강연을 마무리 짓던 명소장이 운영팀 직원 한명에게 턱짓을 했다. 뒷자리에서 내내 떠드는 두 여자가 못마땅했다. 장에스더는 천생 문제가 많은 아이라 쳐도, 성인인 허이경이 저렇게 나오는 건 곤란했다. 분별없는 여자였다. 직원이 그들에게 다가섰다. 둘은 주의를 받은 후에도 어깨를 맞대고 웃었다. 명소장은 실눈을 뜨고 그쪽을 봤다.

4장

부식

스캔한 자료는 고단위 압축화 과정을 거쳐야 했다. 중복되는 패턴 정보가 방대했기 때문이다. 마지막으로 분류된 공간은 얼추 비슷했다. 그래프 오른쪽 상단은 긍정적인 기억을 뜻하는 밝은 적색 계열, 왼쪽 하단은 부정적인 기억을 뜻하는 어두운 청색 계열이었다. 소수를 제외하면 대부분 청색 계열 지표가 드넓었다. 정오는 두 색상으로 나뉘었지만 사실상 한가지 색채라고 봐도 무방할 화면에서 천천히 눈을 뗐다. 그는 러시아에서 태어나 미국에서 자살한 화가 마크 로스코를 생각했다. 그의 「오렌지, 레드, 옐로우」를 떠올렸다. 그건 어떻게 해서라도 두고 보고 싶은 회화였을까. 완전히 압도될 만큼 다정한 빛이었을까. 아마 그랬겠지. 2012년 뉴욕 크리스티 경매에서 8690만 달러에 팔린 그림이었다.

정오는 다시 모니터를 들여다보았다. 누군가의 기억이 그렇게 밝은 색으로만 도출된다면 그는 정신질환자일 확률이 컸다. 자신으로 꽉 찬 그가 행복했을지 몰라도 그의 주변은 그렇지 않았을 것이다. 로스코는 색채나 형태에 관심이 없으며 비극, 파멸, 절정, 관능, 모순 같은 인간의 근본적인 감정을 표현하는 것에만 흥미가 있다고 밝힌 바 있었다. 정오는 그가 이 단출한 화면들을 보면 어떤 심경이 될지 궁금했다.

——노년의 마크 로스코는 어두운 색만 썼어요. 큰 화폭을 컴컴하게 칠했대요.

그래프와 색상변환도의 밝은 면 중에서 채도가 가장 높은 부분을 확대해 그 연령과 시기를 살피면 대체로 지원자 스스로 밝힌 기억과 일치했다. 하지만 허이경의 초기 기억은 분류가 어려웠다. 그의 데이터는 붉은 점을 계속 확대해도 거무튀튀하기만 했다. 녹취본과 영상물 모두 짧왔다.

　──문 밖에 서서 집 안을 바라보고 싶어요. 들어가진
않고요. 남편이 거실에 나와 있으면 좋겠어요. 특별한 기
념일도 생일도 아닌 날에 거기 있으면 돼요. 그 모습을 멀
리서만 보면 될 것 같아요.

　아파트 복도에 선 허이경은 불 켜진 실내를 가만히 바
라봤다. 창에서 두걸음 정도 물러난 자리였다. TV 앞의
남편은 태평해 보였다. 간혹 큰 웃음도 터뜨렸다. 정오는
허이경이 살던 집과 그가 떠올린 남자의 얼굴을 자세히
살폈다.

　──어떠세요?

　──해상도가 더 낮았으면 좋겠어요.

　──허이경님, 지금 화면도 불투명한데요. 너무 거칠고
희미해요.

　──선명한 걸 안 좋아해요.

　입소 직후 허이경의 음성은 지금보다 꺼끌꺼끌했다. 천
미조가 다가오자 정오의 어깨가 움찔했다.

　──안 그래도 확인하려고 했는데 모아레가 왜 이렇게

심해? 허이경씨 면담 일정 더 미루면 안 될 것 같은데 가서 직접 물어봐.

천미조가 화면을 보며 말했다.

저녁식사 시간 후 건물 입구는 사람들로 붐볐다. 문 원편에 날개를 퍼덕이는 새가 있었다. 지원자들은 그 주변을 두르는 원을 만들었다. 허이경이 새의 노란 다리를 살폈다. 골절은 아니었다. 새는 자리를 비척비척 돌다 송전탑 쪽으로 낮게 날아갔다.

— 황조롱이예요. 유리창에 살짝 부딪혔나봐요.

— 바보 아니야? 왜 박아?

— 맷과라서 속도가 빠르거든요. 산이 비치면, 진짜 산인 줄 알고 그대로 돌진해요. 저 친구는 다행히 도중에 멈칫한 것 같아요. 놀란 거지 다치진 않았어요.

— 이경씨 수의사였어요?

— 아니요, 그냥.

허이경은 곤충도감, 조류 사전, 야생화 백과 뭉치를 떠올렸다. 버리고 온 짐이었다. 그 속의 무수했던 이름이 이제는 한줌도 기억나지 않았다. 그들 각각의 특질, 색과 형태와 소리를 전처럼 섬세하게 구별해내긴 어려울 것 같았다. 루페로 들여다보던 팥배나무 열매, 여우콩, 오이풀의 생김새도 전혀 그려지지 않았다. 숙소로 올라가는 사람들을 지켜보던 허이경은 건물 입구 의자에 걸터앉았다. 마지막 직업이 낯설기만 했다. 이제 자신에겐 부분으로 전체를 파악하던 악습 하나만 남았을지도 모르겠다는 생각이 들었다.

　── 진짜야. 사진 지나가는 순간에 맞춰야 한다니까? 일초도 길어. 바로바로 이름을 대야 합격이야.

　남편이 과장하지 말라며 웃었다. 허이경은 짧았던 숲 해설사 이력을, 발가락이 짓무르도록 걸었던 산길을 생각했다. 사고는 일을 시작한 지 반년도 안 돼 벌어졌다. 남편을 친 상대는 음주운전 중이었고 그 역시 병원으로 이송되는 길에 죽었다. 고함을 들어야 할 사람이 없었다. 발인 전날, 빈소에 딸린 방에 누워 있던 허이경은 병원을 나와 철교까지 걸었다. 검은 강은 생명력이 넘쳤다. 소용돌이 물결이 돌풍을 만들어냈다. 소리를 지르러 나간 그는 난간 아래 강을 바라보기만 했다. 머리카락이 볼과 이마를 세게 때렸다. 상복이 픽픽, 구겨지는 소리가 귀를 울렸다. 장례를 마치면 빈 집에 들어가야 했다.

— 계속 걸어요. 아무 생각 하지 말고.

사람들은 걷고 있는데도 걸으라고 했다. 숨이 차지 않는데도 등을 밀어주었다. 돌계단에 잠깐 멈춰 있으면 누군가 꼭 근심 어린 표정으로 손을 내밀었다. 어느 낮은 또렷이 그릴 수 있었다. 선두에 선 동료들이 걸음을 멈추고 모여 있었다.

— 굴나방이 거주지로 삼은 나뭇잎이네요.

해설사 경력이 가장 오래된 여자가 잎 표면의 어지럽고 흰 궤적을 가리켰다. 애벌레가 잎을 파먹으며 움직인 길이라고 했다. 성충이 되면 잎을 뚫고 나온다는 말을 덧붙였다. 나뭇잎 몇개가 희끗희끗한 지도로 가득했다.

— 마치 아름다운 그림 같지 않나요.

허이경은 그의 감상에 동의할 수 없었다. 누더기가 된 잎사귀, 그 안에서 먹고 쉬고 똥을 싸며 나아간 애벌레. 둘의 관계는 어떻게 봐도 파행적으로 여겨졌다. 그는 몸 전체가 누군가의 집이 되어버린 이파리를 참담한 기분으로 지켜봤다. 나무에게 잎 따위는 부속에 지나지 않는다는 사실을 알아도 어쩔 수 없었다. 한쪽은 몸이 뜯겨나가고 한쪽은 숨이 막힌다. 결국 양쪽 다 고통스러울 것이다. 가까운 이들이야말로 미로 속에서 눈을 감고 서로를 훼손하지 않나.

허이경은 남은 물을 모조리 마셨다. 그도 이런 감응, 이런 식의 잣대를 좋아하지 않았다. 모든 걸 굴절시켜 이해하고 있을 뿐이었다. 몸에도 헤아릴 수 없이 많은 생물이 산다. 지구 입장에서 보면 자신 역시 미생물을 싣고 있는 하나의 기생체다.

그는 자유, 주체, 독립 같은 소리가 우스웠다. 의지나 개인이라는 단어도 헛헛했다. 위장 아니면 망각이 인간의 생존 방식 아니었나. 빛과 산소를 어디서 구걸하는지 완전히 잊은 게 아닌가. 공생, 계약, 의존, 애착, 사랑. 언어는 매번 비겁하고 영악했다. 인간은 섞일 수 없는 것들을 뭉치고, 가까스로 겹쳐진 것들을 분리했다.

─보세요. 암수가 철을 따라 연을 맺듯, 자연의 이치는 이렇게나 경이로워요.

허이경은 행렬 끝으로 자리를 옮겼다. 단순한 비유가 끔찍했고, 끔찍한 건 늘 단순했다. 다들 자연을 안일하게 해석했다. 생태교란종, 멸종위기종, 씨암탉, 종마, 종자. 이 따금 진저리가 났다. 고유한 존재를 앞선 종 단위의 지칭은 그걸 알아듣지 않는 개체에겐 쓸모가 없었다. 알아듣는다면 모욕이 될 것이다. 사람들은 위기에 빠진 생태계를 이야기할 때도 자신들에게 미치는 영향을 반드시 언급해야 그 위협을 상상할 수 있었고 원인의 축으로 인간을 비난하면 망설임 없이 대답했다. 역시 인간이 죽어야 해. 인류가 멸종해야지. 어디서부터 어떤 이들이 먼저 사라질지 궁금해하진 않았다. 그러면서도 인간이 아닌 존재가 고통에 휩싸여 있을 때면 그걸 보고 우는 자신을 어딘가에 꼭 전시했다.

마음 편해진다는 숲길은 사실 전장에 가깝고 녹색에서 찾으려는 자비나 온정도 착각에 불과했다. 허이경은 하늘을 올려다봤다. 높고 멀었다. 인간에게 일말의 관심도 없는 대기였다. 그는 물이 필요한 곳에 불을, 불이 필요한 곳에 물을 내릴 것이다. 허이경은 미물이 된 심정을 주기적으로 느낄 수 있다면 숲 해설사도 괜찮은 직업이 될 거라 생각했다. 해설을 하지 않을수록, 판단을 덧대지 않을수록 더 괜찮아질지 몰랐다. 그러나 일을 이어갈 수 없었다. 매일 팔 킬로미터를 걸어도, 술을 마셔도, 여행을 가도, 낯선 이와 누워도 잠이 안 왔다. 집중력이 흩어지자 드문드문 찾아오던 친구들의 안부 전화도 끊겼다. 주마등에 오는 일은 혼자 결정할 수 있었다. 그와 마지막까지 안부를 나눈 이웃 유은영에게도 말하지 않고 선택한 일이었다.

—다른 곳에 가보면 어때요.

허이경이 고개를 들었다. 앞에 정오가 있었다. 둘은 힘없이 웃었다.

—맨체스터도 청도도 가봤잖아요. 하와이 같은 휴양지는 안 끌려요.

—더 멀리요.

정오가 건물 아래 운동장을 가리켰다. 둘은 경사가 완만한 시멘트 계단을 밟고 내려갔다.

─의자에서 무슨 생각을 그렇게 했어요? 가만 보면 여기 최고령자인 것 같아요.

─저는 에스더가 언니 같은데요.

─이경씨는 원하는 이야기가 없어요?

─어떻게 죽을 거냐고요? 남편을 구경하는 게 이상했어요?

정오가 허이경의 얼굴을 뚫어지게 쳐다봤다.

─난 그냥 마음의 평화를 찾으려는 망가진 여자야.

발을 내딛다 말고 자리에 멈춰 선 정오가 허이경의 옷깃을 잡았다.

─놀랐어요?

정오는 허이경이 소리 내 웃는 걸 처음 본다고 생각했다.

─「이터널 선샤인」에서 클레멘타인이 했던 대사예요. 뭐, 생각해봐야죠.

─왜 자꾸 옛날 드라마, 옛날 영화만 봐요?

─다음 장면을 아니까. 다들 그래서 보겠죠.

트랙을 일곱바퀴쯤 돌았을 때 정오가 입을 열었다.

─아예 몰랐던 건 슬프지 않은데, 왜 알고 나서부터는

슬퍼질까요.

허이경은 앞을 보며 답했다.

─모르는 것까지 상상할 순 없잖아요. 그것까지 슬퍼 하면 감당이 안 되니까요.

─그건 자기방어 기제일까요, 이기심일까요.

─나눌 수 없지 않나요.

둘은 말없이 트랙을 더 돌았다. 연구소 단지는 어느덧 컴컴해졌다.

─잡고 싶으면 잡아요. 안 좋아할 테니까 걱정 말고.

허이경이 손을 내밀었다. 정오는 천천히 그 손을 잡았다.

─트레이닝 횟수를 줄일 필요가 있어요. 시뮬레이션 이 능숙해지면 오류가 생깁니다.

─중간 체험 영상들도 확인해야 해요.

─그걸 전부 볼 순 없어요.

따로 분류해야 할 데이터는 종종 나타났다. 지원자 중 일부가 폭력 속에서 임종을 맞았다. 애인을 찾아간다던 여자는 그를 만나자 쉬지 않고 주먹질을 했다. 남자는 피떡이 되어가는 동안 미동도 하지 못했다. 석유통을 들고 산에 오르는 여자도 있었다. 그는 타오르는 숲 앞에서 눈을 감았다. 출국 기록이 없는 여자는 호주 바닷가에서 관광객들을 지프차로 들이받았다. 남편의 정수리로 엄청난 양의 촛농을 떨어뜨린 이도 있었다. 그는 눈앞의 뿌연 기둥을 골똘히 구경하며 숨을 거뒀다.

　　—암묵 기억은 누구에게나 있어요. 의식 아래 숨겨두고 들추지 않았던 이야기가 이렇게 튀어나오고 그건 아무도 막지 못해요. 모호하고 기이한 서사는 계속 나올 거예요. 문제는 나쁜 결말들이죠. 이루지 못한 욕망이나 없었던 일을 기억하는 지원자들이 있어요. 비참한 방식으로요.

　　—기억이야 원래 변동이 심하죠. 온전히 유지되지 않고 정확하지도 않아요. 책, 영화, 드라마, 다큐, 뉴스. 논픽션과 픽션이 머릿속에서 마구잡이로 섞이기도 하고요.

　　—애인들을 전부 한 침대에 불러내거나, 아내 말고 다른 여자를 안는 사람을 언급하는 게 아니에요. 그따위 가벼운 부작용이 아니라고요. 이런 걸 고통 없는 임종이라고 말할 순 없어요.

—고통이 아닌 거죠. 지원자들이 원하는 장소에서 원하는 때에 이룬 꿈이에요. 누구에게도 피해를 주지 않고요.

　　—이 지경으로 훼손된 기억인데요. 이건 게임이 아니에요. 사람들이 여기서 진짜 죽는다고요.

　　—아름다움의 형상은 개인마다 달라요. 그건 각자의 방식으로 쫓는 거죠. 우린 그걸 금지할 수 없고요.

　　—이 사람들이 대체 뭘 회복했나요. 순전히 착란 속에서 죽은 것 아닌가요.

　　—병을 유지하며 나아지지 않을 권리도 있어요. 아시잖아요. 질환은 그 사람의 깊은 정체성이기도 합니다. 비중이 높은 구성 요소라고요.

　　—그렇다고 사람이 이런 끝을 맞게 두어도 되나요? 길에서 죽는 것과 다를 바가 없는데?

　　—우리가 트라우마나 콤플렉스를 얼마나 떨쳐낼 수 있죠? 그저 안전 바를 걸치고 평생 그 둘레를 도는 거예요. 희망? 치유? 죄다 발명품인걸요. 이런 작별도 일종의 회복이고 화해예요.

계속되는 논의에도 연구원들은 답을 내리지 못했다. 보안에 보안을 가한 자료는 깊숙이 처박혔다. 질문을 더 잇지 않기로 한 직원들은 결근 없이 근무했다. 질문을 퍼붓기 위해 출근하는 직원은 천미조뿐이었다. 정오는 천미조의 눈에 그가 어떻게 보일지 얼마간 신경이 쓰였다. 말없이 자리만 지키는 꼴이 한심해 보일 듯했다. 같은 업무를 소화해도 지원자들에게 더 칭찬받는 건 늘 자신이었다. 여성 지원자들은 연구소를 늦게 온 학교처럼 여길 때가 있었고 그와 마주치면 눈치를 보는 학생같이 굴기도 했다. 정오는 그 사실을 잘 알고 있었다. 하지만 주어진 일에 필요 이상의 의욕을 가지기는 어려웠다. 한달에 두번씩 헤어진 아내를 보는 것만으로도 진이 빠졌다. 아들을 만나러 온 아내와 다투지 않은 날이 없었다. 집이 조용해지면 어느 결에 허이경이 떠올랐다.

식당엔 주로 연주곡이 흘렀지만 점심식사 시간엔 목소리가 들어간 음악도 나왔다. 성별과 연령은 음색으로 판단할 수 없었다. 인공지능이 만들어낸 중저음의 보컬은

들기 무난했다. 저작권이 소멸된 시가 가사로 쓰였다. The world is too much with us. 어둡지도 밝지도 않은 선율이 창 안으로 쏟아지는 여름 햇빛과 뒤섞였다.

— 언니, 이 노래 뭔 소리야.

— 세상은 우리에게 너무하다는 뜻이야. 윌리엄 워즈워스의 시.

— 참 나, 그걸 누가 모른다고 밥 먹을 때도 알려줘? 예의가 없다.

오늘 식단은 귀리죽, 얼갈이된장국, 들기름에 구운 두부, 참나물무침, 감자조림, 청포묵버무리였다. 주로 염도 없이 질척이는 반찬들이 나왔다. 젓가락 아래 손을 받친 장에스더가 에이 씨, 하고 소리를 질렀다. 묵이 손바닥에 떨어져 있었다.

— 손으로 받으려고 했는데, 진짜로 떨어지니까 놀랐지?

— 그럼 안 놀라? 아, 기름 다 묻었어.

— 봐봐. 죽으려고 해도, 진짜로 죽을 때는 놀랄걸.

— 뭐래. 재수 없게.

정오와 천미조가 그들 곁에 앉았다. 인사를 건넨 건 천미조였다.

──두분이 여기서 제일 친한 것 같네요.

장에스더가 허이경을 쳐다봤다. 말을 나눌지 말지, 알려달라는 눈빛이었다.

──트레이닝은 조만간 시작할 거예요. 이렇게 친절하게 알려주시지 않아도 돼요.

천미조가 손을 저으며 답했다.

──아뇨, 이경씨. 의무는 아니에요. 지정된 횟수가 있는 것도 아니고요. 시설은 자유롭게 쓰시면 돼요. 저희는 그냥 같이 밥 먹고 싶어서 온 거예요.

──식사 마치면 산책도 할까요.

정오가 허이경을 보며 물었다. 다리를 떨던 장에스더가 허이경의 팔짱을 꼈다.

──어디 좋은 데 가요?

건물 입구 의자에 앉은 여자들 중 한명이 그들에게 말을 걸었다. 세 여자는 오랜 친구들 같았다.

─바람 쐬러요. 근데 다들 안 더우세요?

─그늘이라 괜찮아. 난 말라비틀어져서 땀도 안 나요.

사진을 쥐고 있던 여자가 답했다. 그의 자녀들은 중년이 된 지 오래였다. 하지만 손에 붙들린 건 둘의 어린 시절 모습이었다. 근린공원 운동기구 앞에 선 딸과 아들이 손날로 하트를 만들던 순간이었다. 멀리 도로가에는 흐릿한 오토바이와 이팝나무 몇그루가 보였다. 아이들 얼굴엔 한점의 티도 없었다. 사진을 들여다보고 있으면 터질 듯한 웃음소리가 들렸다. 여자는 트레이닝마다 이때의 아이들을 만나기 위해 집중했다. 그들의 학비, 전세보증금, 스터디카페 창업비, 주식 투자비, 곰탕집 프랜차이즈 인수비, 카드빚이 더해지는 동안 여자는 어딘가에 앉을 시간이 없었다. 아이들은 성년을 통과하면서부터 이상하게 뭘 받아갈수록 냉랭해졌다. 계획을 말할 때, 제안받은 사업에 대해 설명할 때 목소리는 불안했고 전화로 뭘 부탁할 때 주변은 너무 시끄러웠다. 각자의 가정을 꾸리면서 더 데면데면해진 지금의 자식들은 만나지 않아도 될 것 같았다. 여자는 품 안에 붙어 떨어지지 않던 일곱살, 다섯살의 아이들을 마주하고 싶었다.

연구소를 둘러싼 공터 부지는 삭막했지만 산책로는 제법 포근해 보였다. 체육관 지붕 위로 샛별이 잠깐 머물러 있었다. 넷은 여자들이 준 캐러멜을 혀로 천천히 굴렸다.

— 메뉴가 맨날 왜 그래. 메슥거려. 떡볶이 같은 건 안 나와?

— 에스더씨만 좋아하는 음식은 아무래도 어렵죠. 그런 건 트레이닝해보면 되잖아요. 아니면 주말에 외출해서 드세요.

장에스더는 천미조의 권유를 무시하고 말했다.

— 치킨 맛도 안 떠올라. 트레이닝 때 씹어도 아무 맛이 안 나던데?

— 오래된 기억이었나봐요. 메뉴는 운영팀에 한번 문의해볼게요.

— 어차피 배양육으로 만들 거면서.

— 더 바삭바삭하게 해달라고 하면 되죠.

— 조리사가 참 좋아하겠다. 짜증 나.

천미조와 장에스더 뒤로 정오와 허이경이 걸었다. 둘의 팔은 닿았다가 떨어지고 다시 닿았다.

매달 마지막 주 금요일엔 대강당에서 리셉션이 열렸다. 매달이래봤자 지원자 개인에겐 단 세번의 행사였고 화합의 밤,이라는 식상한 제목도 붙었다. 잠이 부족한 간병인들은 이런 자리에 나오지 않았다. 신경과 면역 체계에 더 많은 문제가 생긴 지원자들도 나타나지 않았다. 그외의 이들은 보라색 유니폼 대신 사복을 입고 모였다. 다들 이날만큼은 보라색 계열이 아닌 옷을 골라 입곤 했다. 테이블엔 핑거푸드와 샴페인이 놓였고 시대를 풍미한 유행가 수십곡이 흘러나왔다. 누구든 서로의 눈을 마주 보며 춤을 출 수 있었다. 개별적으로 시설을 이용하던 지원자들도 이 밤엔 서로에게 훨씬 관대해졌다. 민트색 원피스를 입은 천미조는 의자에 앉아 와인을 마셨다.

─미조씨, 저희랑 놀아요.

지원자 한명이 다가와 말을 걸었지만 그는 두 사람을 지켜보느라 자리에서 늦게 일어났다.

정오가 내내 웃고 있었다. 그는 허이경이 몸을 비틀 때마다 손뼉을 쳤다. 둘은 강당 구석 자리를 돌며 초라한 춤을 췄다. 그들과 부딪힌 지원자들이 큰 소리로 웃었다. 넘어진 사람은 바닥을 두드리며 폭소했다. 정오는 평소보다 많은 양의 술을 마신 걸 후회하지 않았다. 허이경이 그의 볼에 붙은 머리카락을 떼어냈다.

창문 아래, 와인과 맥주를 섞어 마신 이들이 둘러앉기 시작했다. 곡이 끝나자 허이경이 정오의 옷깃을 끌고 사람들 쪽을 향해 걸어갔다. 얼굴이 불콰해진 이들이 많았다.

──오, 두명 합류. 이제 새로운 게임이 필요하겠어요.

──지금까지 살면서 제일 우울했던 기억을 말해봐요.

──지금 이 순간인데요. 와, 이런 거 진짜 싫어. 술기운에 진실 말하기. 그냥 자기 말 욕심껏 쏟아내는 시간이잖아. 술 마시면 자의식이 고양돼서, 그게 기뻐서 흥분하는 것뿐이라고. 다 호르몬의 농간이라 이거예요.

──와, 유식한 분. 근데 패션 감각 꽝인 사람은 안 껴줄 거예요. 자긴 말도 옷도 고지식하니까 탈락.

지원자들이 서로의 몸에 기대며 웃었다. 누군가 가벼운 일화를 꺼내는 것을 시작으로 한명, 두명 말을 잇기 시작했다. 늘어난 티셔츠에 보풀이 잔뜩 붙은 카디건을 걸친 이의 차례가 돌아왔다. 옷이 담요로 보일 만큼 깡마른 여자였다. 여름철 습기를 머금은 옷에서는 나쁜 냄새가 났다.

　──저는 시력 수술을 하고 후회했어요. 참을 수 없는 게 많았지만 뜻밖의 장면 때문에 구역질이 났거든요. 시야가 선명해지니까 사람이 뭘 먹는 모습이 싫었어요. 쉬지 않고 몇시간씩 입속에 음식물을 넣는 꼴이 눈물 나게 흉한 거예요. 우물거리는 입술, 울퉁불퉁한 볼, 튀는 침, 길고 붉은 혓바닥, 턱과 입가의 흔적. 끝없는 허기가 무서웠어요. 역했습니다. 인간이 반복하는 짓거리는 많지만 몸에 뭘 넣고 씹는 건 못 봐줄 추태였어요. 왜 멈추질 않죠? 도대체 왜 만족을 안 하죠? 막을 수 없는 병, 기후변화, 망조들 전부 우리가 도중에 단념하지 않고 아무 데고 들쑤시다 벌어진 사태예요. 공간을 있는 대로 차지하고 질서를 흩트리다 듣도 보도 못한 바이러스를 만난 겁니다.

　천미조는 고개를 끄덕이며 머릿속에 피해망상, 섭식장

애라는 여덟 글자를 썼다. 자기가 먹고 있는 건 왜 신경을 안 쓰지. 불안을 과식하는 여자였다. 게다가 인간 군집에서 자신만을 골라내 밖으로 빼놓고 있었다. 말을 마친 그가 손을 떨었다. 옆 사람이 흘러내리는 카디건을 정돈해주면서 어깨를 감쌌다. 자기 순서가 되자 허이경이 물었다.

　　— 진짜 말해도 돼요?

5장

균열

─얼마든지요. 우리 밤샐 건데.

─고등학교 때 한 유부남 교사를 만난 적이 있어요.

─뭐지, 벌써 재밌어요.

─그날은 그 사람 딸도 나왔어요. 손이 빨개서 제가
장갑을 사주겠다고 했어요. 쥐 얼굴, 양 얼굴, 토끼 얼굴.
아이한테 고르라고 했죠. 딸이 코너를 도는 동안 그 사람이
저한테 뽀뽀를 했어요. 공장에 돌아오니 저녁 하늘이 어
둑어둑했어요. 전 새시 공장 안에 딸린 쪽방에서 혼자 살
았거든요. 사장 부부가 제 형편을 듣고 내준 숙소였어요.

─이경씨도 만만치 않게 살아왔네.

한 지원자가 맥주 캔을 뜯으며 말했다.

—들어와서 신발도 안 벗었는데 무슨 소리가 났어요. 유리문 밖에 어떤 아저씨가 서 있더라고요. 광대뼈가 되게 컸고 말랐어요. 한 오십대쯤. 여기 사장님 없냐고. 사장님 이따 온다고 말했죠. 그러니까 그 사람이 웃으면서 다시 물었어요. 여길 온다고요?

정오가 눈을 껌뻑껌뻑 감았다 떴다.

—아버지, 여기 오세요. 집이 바로 앞이라. 해명을 하는 순간, 저도 모르게 사장님을 아버지라고 바꿔 말하는 순간, 뭔가 잘못되어간다는 생각이 들었어요. 그 남자가 다시 물었어요. 잠금장치도 열어놓고, 이렇게 위험하게 있어도 되냐고. 그런 말을 하면서 이가 보이도록 활짝 웃더라고요. 몸이 굳어버렸는데 남자가 주변의 각목을 찾아들었어요. 저는 미끄러지는 손으로 유리문 위의 원형 레버를 돌렸어요. 덜덜 떨면서도 필사적으로 있는 힘껏. 그리고 알았어요. 문은 원래 닫혀 있었고 제가 그 문을 열어버렸다는 걸.

술 쪽으로 손을 뻗는 지원자들은 없었다. 모두가 입을

닫았다.

— 저기, 힘든 이야기는 더 안 꺼내도 돼요.

— 신고는 못했어요. 그럼 그날 하루에 대해 진술해야
하니까. 내가 누굴 만나고 어딜 돌아다녔는지 얘기해야
하니까. 문도 열어줬다며. 그 말을 어떻게 믿어. 원했는지
알 게 뭐야. 결국엔 그럴 법도 한 애,라는 말을 듣게 될 테
니까.

정적이 흘렀다. 몇몇이 술을 연거푸 들이켰다. 누군가
허이경의 등을 두드리며 말했다.

— 애썼어요. 이젠 여기서 쉬다 남편 만나면 되겠네. 얘
기 들었어요. 사고로 먼저 갔다며.

허이경의 입소 이유를 모르는 이가 없는지 아무도 놀
라지 않았다. 남편 옆에 사고를 당한 날의 기억이 붙어 있
을 거란 추측도 하지 않았다. 그가 기억하는 남편의 모습
이 영정 사진처럼 멀끔하기만 할 거라고 여기는 것 같았
다. 그의 몸이 도로에 어떤 형태로 남아 있었는지 상상하
지 않았다. 다들 해결했나. 극복한 건가. 그럴 리 없다. 이
들의 긍정과 초월도 체념의 일부였다. 허이경은 각자의

불행을 비교하려는 짓이 헛되고 어리석은 일이라는 걸 알고 있었다. 그럼에도 그는 쓸쓸했다.

— 나도 참 박복했지만 자기도 그렇다.

— 우리 나이엔 험한 꼴 더 보기도 하고 그래. 죽지 못해 살았다는 말이 딱 맞아.

잠시 후 천미조가 물었다.

— 끝까지 왜 이런 곳일까요.

허이경이 썩은 포도알을 보며 답했다.

— 바깥으로 드러난 건 멀쩡할 수 있지만 어쩔 수 없이, 드러나버리게 된 건 보통 그래요. 둘이 섞여 질서까지 갖춘 게 세상이겠죠.

지원자 몇몇이 크게 하품을 했다. 정오는 허이경이 아까 어떻게 춤을 췄는지, 왜 웃었는지 알 수 없었다. 그의 음울한 나날은 이 따위 파티로 밝아질 수 있는 게 아니었다. 언제부터 허이경이 주마등에 온 이유를 잊었을까. 혼자만 놓친 걸까. 정오는 고개를 저었다. 지원자들의 입소 목적은 같았다. 그들은 잊혀질 기억, 여기서 고백한 뒤에는 어디에도 남지 않을 이야기를 떠든 것이다. 어차피, 라는 말이 떠오르자 정오는 자신의 뺨을 가볍게 때렸다. 곁의 사람들이 눈을 비비며 일어났다. 기지개를 켜는 이들도 있었다. 화합의 밤은 자정도 못 넘겨 끝이 났다.

허이경은 복도 벽을 손으로 훑으며 케테 콜비츠를 생각했다. 반전을 주제로 한 그의 작품들은 그 뿌리에 다닥다닥 죽음이 붙어 있었다. 누구나 그를 위대한 작가로 불렀지만 허이경에게 케테 콜비츠는 불행에 완전히 먹힌, 참담한 사람이었다. 그 작가는 끔찍한 기억을 너무 오랫동안 데리고 다녔다. 떨칠 수 없었겠지. 다른 장면을 상상할 수도, 잔상을 외면할 수도 없었어. 그러니 아예 그 속으로 들어가버린 것이다. 그걸 콜비츠의 결정으로 볼 수 있을까. 그가 뭘 선택했나. 거기 던져진 것뿐이다. 방문을 연 허이경은 잠든 장에스더의 머리카락을 쓸어내렸다.

— 언니, 술 많이 마셨어?

— 바보들처럼 돌아가면서 우울한 기억을 말했어.

— 굳이 왜. 모여서 한 게 그런 거냐. 누가 잘해준다고.

— 그러게. 그래도 잘 보이고 싶어한다는 게 재밌지?

죽기로 작정한 사람들이.

팔꿈치를 긁던 장에스더는 말이 없었다. 입이 다시 벌어져 있었다. 허이경은 케이스케이프 검색창에 우도를 적었다. 눈앞에 캄캄한 제주 바다가 보였다. 파도 소리가 잠잠했다. 이곳 어딘가에 몸을 만 비바리뱀이 잠들어 있을 것이다. 일출봉 아래 물살엔 연산호, 남방큰돌고래, 푸른 바다거북이 조금씩 몸을 움직이고 있을 것이다. 그렇게 믿고 싶었다. 허이경은 이미 어두운 화면을 흑백 모드로 바꿨다. 새벽빛에 반짝일 섬을 볼 자신이 없었다. 사람이 아닌 것도, 사람도 모두 볼 수 없을 것 같았다. 무엇을 보고 싶은지, 보고 싶은 게 있기는 한지 이제 알 수도 없었다. 그는 잠든 장에스더를 바라보다 조용히 말했다.

──어두운 비밀만 비밀일까? 사람이 행복한 일 전부를 드러낼 수 있나?

긴 부리, 짧고 오동통한 몸, 눈두덩만 흰색인 새의 이름이 가물가물했다. 허이경은 눈을 가늘게 떴다. 멀리 전신주에 앉아 있던 새는 연구소를 향해 비행하기 시작했다.

허이경은 창문을 열고 손을 마구 휘저었다. 소용없었다. 새는 건물 유리창을 향해 무서운 속도로 날아들었다. 외벽과 충돌한 새는 바닥으로 추락했다. 다음 새, 그다음 새도 두 손을 세차게 흔드는 그를 쳐다보지 않았다. 허이경은 건물 밖으로 뛰어나가 손에 잡히는 나뭇가지를 휘둘렀다. 새떼는 투명방음벽과 유리창에 계속 부딪혔다. 투둑, 쿵, 투둑, 쿵 소리가 날 때마다 허이경은 한 손으로 입을 틀어막았다. 이어질 줄 알았던 하늘, 구름, 낮은 산은 그들을 튕겨냈다. 반사되는 이미지가 허상이란 걸 알 수 없는 새들이 끝도 없이 바닥으로 떨어졌다. 죽기 직전 자신을 꼭 닮은 새가 나타났다. 방향을 바꿔야 한다는 판단을 내릴 새도 없었다. 스스로에게 가까이 가는 줄도 모르고 나아가던 새들, 결국 자신을 만난 새들은 어김없이 죽고 말았다. 열려 있을 거라 믿었던 지평선은 그저 차고 단단한 창이었다. 새들은 비명을 지르지도 못했다. 허이경은 수십마리의 작은 사체들 앞에 무릎을 꿇고 앉았다. 벌어진 부리 안에서 구더기들이 기어나왔다. 장에스더가 이를 꽉 물고 가슴을 치는 허이경을 흔들어 깨웠다.

— 왜 울어? 무슨 꿈을 꾼 거야?

　　장에스더가 허이경의 팔을 쓸어내렸다. 허이경은 그의 등에 얼굴을 기대고 눈물을 닦았다.

　　— 비가 와서 그랬나봐.

　　둘은 창문에 매달리다 떨어지는 빗방울을 쳐다봤다. 집요하게 쏟아질 비였다. 새벽녘 숙소 사람들이 각자 앓는 소리는 폭우에 덮였다.

　　주춤했던 비가 아침에 다시 거세졌다. 기온은 이상할 정도로 떨어지지 않았다. 여름이 터널 같았다. 정오는 퇴근 후에 보던 드라마와 영화를 중도에 포기했다. 시리즈가 긴데다 흥미롭지 않았다. 한때의 유행이라고 여겼던 레트로는 끊임없이 숨을 쉬었다. 리메이크할 이유가 없는 작품들이 또 만들어졌다. 건강한 이들은, 진짜 삶을 사는 얼굴들은 전부 그 속에만 있는 것 같았다. 생생한 눈빛, 왕성한 혈기, 다감하기 그지없는 대사가 낯설었다. 허이경이 말했던 작품들은 오래되어도 너무 오래되었다. 무엇보다 아내가 돌아간 뒤에는 어떤 이야기에도 집중할 수 없었다.

─각자 알아서 연애하자는 말에 합의한 거 아니었어?

─태현이 깨니까 조용히 얘기해. 누가 뭐라고 했어?

─나만 그렇게 지냈잖아. 정오 년 쏙 빠지고.

─그게 문제가 돼?

─평탄한 척, 관대한 척, 매사에 객관적인 척. 그게 사람을 얼마나 숨 막히게 하는 줄 알아?

─쓸데없는 죄책감을 왜 느껴? 난 아무렇지 않았어.

─이제 들어왔냐고, 안 피곤하냐고 물을 때마다 신경이 다 망가졌어. 우리 관계는 네가 끝낸 거야.

─그래. 그럼 그렇게 생각해. 그게 마음 편하면.

─이거 봐. 끝까지 사람 미치게 하는 건 너야.

옷을 꺼내 입은 정오는 잠시 멈춰 섰다. 그리고 자신의 연보라색 유니폼을 내려다봤다. 추레했다. 정확히는 옷의 명도가 창피했다. 흰색만큼의 희망, 흰색만큼의 탁함, 흰색만큼의 거리감. 그렇게까지 유지하고 싶은 삶이 아닌데도 흰색이 섞인 옷은 자신을 낙관적인 사람으로 보이게 했다. 돌아볼수록 이곳에 온 사람들이야말로 분명히 살아 있는 이들이었다. 죽고 싶다는 의지를 투명하게 내보일 수 있을 만큼 강인한.

매일을 흐지부지 보내며 스스로를 조금도 존중하지 않는 건 오히려 나 같은 인간 아닌가. 맞아. 그래. 정말. 그러니까요. 제 말이요. 누군가 소재만 꺼내도 넣던 추임새, 어떤 이야기든 정해져 있던 경로. 자신이 답해도 남이 답해도 관계없는, 그 틈 없는 이해가 이해일 수 있었을까. 상대와 아무 차이를 발견할 수 없는 대화가 대화였을까.

정오는 허이경의 얼굴과 손과 미소를 차례차례 떠올렸다. 그리고 고개를 저었다. 그 정도는 아니었다. 아이, 어머니와 아버지, 친구들, 터전. 모든 관계와 책임을 박차고 따라나설 수는 없었다. 그는 허이경이 사라진 세계를 구체적으로 짐작해보진 않았다. 많은 것이 부식되겠지. 분명히 변할 거야. 하지만 틈은 메꿔질 것이다. 일상과 과업과 관성이 균열을 채워줄 것이다. 모순과 갈등 같은 건 사포로 문지르면 된다. 정오는 자비 없는 시간만을 믿었다. 뻔한 경로가 든든했다. 그는 검은 모니터에서 고개를 돌렸다. 퀭하게 꺼진 얼굴이 반사되는 게 싫었다. 이번엔 빰을 때리는 시늉조차 할 수 없었다.

　육십대 지원자 한명이 욕조 바닥에 쓰러져 있다는 연락
이 들어왔다. 남자는 샴푸를 마셨다고 했다. 연구소 일대
가 그 이야기로 부산했다. 그는 다행히 룸메이트에게 바
로 발견되었고 위세척을 마친 뒤에는 별다른 난동을 부리
지 않았다.

　두명의 현장 조사원은 다음 날 찾아왔다. 오십대 여성과
이십대 여성이었다. 그들은 지원자들을 만나 짧게 인터뷰
를 나눴다. 일년에 한두번, 이전처럼 평범한 점검이었다.

　──정말이지 고마운 분들이죠. 덕분에 제가 이렇게 좋
은 곳에서 쉬네요. 식사도 잘 나와요. 아니, 어느 봉사단체
가 이렇게까지 우릴 돌봐주겠어요?

　──주변에다 아쉬운 소리 할 것도 없지. 그게 제일 편
해요. 딸애한테 그만 미안해해도 되고.

　──전 남편도 자식도 없는데 있어봤자, 짐짝 취급당했
을 것 같아요.

　숙소 입구와 로비를 대충 훑어본 오십대 여성은 소파

에 앉아 구두를 벗었다. 발바닥에 열이 나고 있었다. 갱년
기가 시작되면서 몸을 조금만 움직여도 땀이 났다. 연구
소는 몇번 왔던 곳이라 익숙했고 만나는 얼굴도 엇비슷해
보였다. 화장실에 또 가고 싶었지만 한번 앉으면 일어서
기가 어려웠다.

　—병동에 가봐야죠.

　—자기가 한번 다녀와. 소장님, 체력 좋은 수습직원 데
리고 견학 좀 시켜줘요.

　명소장은 처음 보는 조사원과 함께 잠자코 걸었다. 코
너를 꺾으며 농담을 건넸지만 여자는 웃지 않았다. 긴장
을 했나 싶었는데 그저 매사에 무심한 것처럼 보이기도
했다.

　—저분은 누구죠? 상태가 별로 좋아 보이지 않는데요.

　여자가 샴푸를 들이켠 남자를 가리켰다. 염려하던 대로
조사원이 그를 알아봤다. 일을 주도적으로 하려는 젊은
여성이란 언제나 골치 아팠다. 겉으로만 기세가 넘치는
부류와 달리 이들은 진심으로 의욕이 있었다. 명소장 눈
에 이런 여자들은 끈질기게 요직을 차지해나갔다.

─아, 혈압이 높아져서 왔어요. 지금은 안정을 잘 취하고, 취하시고 있습니다.

─아뇨, 그 옆의 분이요.

─저분은 안락사를 보류한 지원자예요.

다른 이유를 생각하기도 전에 튀어나온 대답이었다. 조사원이 다가서자 배지호가 아이처럼 울음을 터뜨렸다.

연구소 수색과 전수조사가 시작되었다. 공무원들이 몰려다니자 이곳 생활에 만족하던 지원자들은 쉽게 겁을 먹었다. 배지호를 탓하는 이도 많았다. 인권 실태, 학대 정황에 대한 질문까지 받은 지원자들은 손사래를 쳤다.

─나 때리던 사람은 밖에 있지 여기 없어요.

─선생님, 배지호씨는 임종을 미루고 있는 게 아니에요. 시설 관리가 부주의했다면 그분도 다른 분들도 엄연히 피해자죠. 혹시 사례가 있다면 편히 말씀해주세요. 안전 교육은 받으셨나요? 건의함은 왜 없죠?

지원자들의 말은 더 빠르고 거칠어졌다. 배지호의 사고 직후 체험실과 가장 가까운 3문을 빠져나가는 이가 포착

되었다는 얘기가 돌았다. 폐쇄회로 화면 속의 사람은 장애가 없는 여성으로 추정되었고 몸집이 왜소하다고 했다. 신체 조건이 비슷한 이들은 수두룩했다. 그럼에도 가장 먼저 의심받은 건 장에스더였다. 지원자들은 지하 휴게소에 모여들었다. 직원들이 잘 내려오지 않는 습하고 쾌쾌한 곳이었다. 녹회색 곰팡이가 기물마다 가득했다. 형광등이 켜지지 않는 구석 자리, 한 사람을 둘러싼 이들의 등판은 캄캄했다.

— 왜 무작정 에스더한테 이러세요? 아무 증거도 없는데요?

허이경의 말은 고성에 파묻혔다.

— 나 아니라고. 그 남자 잘 알지도 못해.

— 거짓말. 네가 험담하고 다녔다며. 오줌 쌌다고.

장에스더가 허이경을 쳐다봤다. 지원자들이 다시 언성을 높였다.

— 여길 제일 많이 싸돌아다니는 게 에스더, 넌데?

— 우리는 여기 장비 다룰 줄도 몰라요. 쟤가 제일 어리잖아. 기기도 금방 조작할 수 있겠지.

─아니, 그이한테 누가 원한이 있었겠어? 여기 사람들이랑 사이 나쁜 게 누구야? 딱 한명이잖아.

─뭘 해줘도 불평불만에 반말 찍찍. 가만 봐줬더니 뭐나 된 줄 알고.

장에스더는 핏기가 가신 얼굴로 사람들을 노려봤다. 숨을 고른 그가 중앙의 기둥을 보며 말했다.

─우리가 왜 같이 있게? 다들 세상이 안 바뀌어도 괜찮다고 생각하니까 여기까지 온 거야. 끔찍한 걸 내심 좋아하니까, 사실은 안 변하는 게 좋으니까.

바닥에 앉은 그는 말을 이어갔다.

─그거 알아? 임상시험 피해자들이 얼마나 되는지? 피해가 있어도 제약회사와 병원이 서로 책임을 미루지. 결국 짐을 떠맡는 건 지원자들이야. 동의했다는 이유로. 그러니까 짧은 기간에도 돈을 많이 줘. 근데 죽으러 온 사람들한테 무슨 짓을 못하겠어.

사람들은 대꾸 없이 장에스더를 쳐다봤다.

─그래. 어떤 멍청이들이 있나 궁금해서 와봤다. 다들 제정신이야? 뇌수술 받고 아이큐도 낮아졌어? 잊고 싶

지 않은 이야기 속에서 죽고 싶다는 둥, 행복하게 뒤지고 싶다는 둥 무슨 헛소리들이야. 징징대다보니 생각이란 걸 못하겠어? 그러니 여기서 호시절 얘기만 주절주절 떠들어대지. 그저 전성기만 읊조려. 와, 소들도 그렇게는 되새김질 안 하겠다. 고심해서 좋은 시공간을 정하면 뭐해? 거기서 죽을 수 있으면 거기서 살 수도 있잖아.

　　—맞아, 에스더.

　　허이경이 답했다.

　　—뭐가 맞대. 정신 차려. 내가 여기서 진짜 곰곰이 생각해봤는데 어떻게 봐도 결론은 똑같아. 우리 데이터는 안 죽고 살려는 인간들한테 자료로 쓰인다고. 영원히 행복하겠다고 작정한 놈들이 부작용은 없나, 안전한가, 시험지로 한번 써보는 게 우리라고.

　　낮은 천장이 웅웅 울렸다. 다투고 있는 건 이제 장에스더와 허이경 둘뿐이었다.

　　—에스더. 생각은 너만 하는 것 같지? 그게 대단한 반전 같고? 그럴 수 있을 거란 예상을 다들 안 했을 것 같아? 네가 늦었다는 판단은 안 해?

―누구는 죽고 누구는 안 죽는 게 상관없어?

―안 죽는 게, 영원한 게 좋아? 결국 마비되는 건데? 장에스더. 아무리 아늑해도 터널 끝이 안 보이면 갇힌 거야.

―아, 짜증나게 가르치지 마. 사는 일 관심 없는 것처럼 구는 것도, 나 굽어살피듯 보는 것도 지겨워. 겁나서 체험도 한번 못하고 있는 주제에. 아무것도 중요하지 않다는 연기 좀 그만 해.

―중요하지 않아.

허이경이 말을 이었다.

―중요하지 않아졌어. 그 행복도 일상이 될 뿐이잖아. 반복되는 거라고. 여기 지원자들은 그걸 놓으려는 사람들이야. 너나 정신 차려. 우린 작별하려고 왔어.

그제야 몇몇이 입을 열었다.

―기억 그까짓 것 누가 쓰면 뭐 어때. 연구소에서 공짜로 지내는 것도 감지덕지인데. 난 달라고 하면 줘.

―얘, 아가야. 우린 늙고 지쳤어. 아무래도 상관없어. 그냥 끝내고 싶다. 끝이 없는 게 싫어.

―병에 이렇게 휘둘릴 줄 알았나. 류머티즘을 내가 삼

십년 앓을 줄 알았겠어? 나도 젊으면 이런 데 거들떠도 안 봤지.

—지금은 우스워보여도 난 네가 모르는 고비들을 여럿 넘겼어. 그걸 알고 있는 사람이 나밖에 더 있어? 그러니까 천지분간 못할 때 죽는 건 사양할 거야. 듣고 있니? 난 내 기억만 가지고 떠나면 돼. 더 안 살아.

—그럼 그냥 죽지 왜!

장에스더의 고함에 긴 한숨을 쉰 허이경이 말했다.

—사람은 원하는 방식으로 죽을 수 있어. 준비를 마치고 갈 자유가 있어. 그래서 여기 왔잖아.

자리에서 일어난 장에스더가 대꾸했다.

—언니는 가만 보면 말만 그럴싸해. 죽는 날만 되면 아무 시름 없이 행복할 것 같지? 선택하라니까 되게 대접받는 것 같고? 돌아가는 꼴을 좀 봐. 이게 열심히 기도하면 천국 간다는 말이랑 뭐가 달라? 우리가 힘든 건 마지막 체험을 기다리고 있어서야. 그럼 그날까지 또 버티게 된다고.

장에스더는 짐을 챙겼다. 운영팀은 길길이 날뛰는 그에게 결국 빈방을 내줬다. 채광과 전망이 나빠 원래 비워져 있던 곳이었다. 허이경은 방문을 수시로 두드렸다. 이틀째 만나지 못한 장에스더였다. 어제 식당에서 챙겨다 둔 사과, 초콜릿, 생수가 바닥에 그대로 있었다. 아무리 불러도 답은 없었다. 허이경은 잠긴 문 앞에 앉았다. 그는 아까 시도했던 트레이닝을 생각했다. 장소는 다시 아파트였다. 남편을 바라보던 허이경은 몸을 돌려 걷기 시작했다. 옆 동쪽이었다.

— 이경씨 어디 가는 거야? 초기 루트를 벗어나고 있어.

천미조가 정오에게 물었다. 그는 대답 없이 화면을 바라봤다.

— 일단 볼래?

옆 동 이층 세번째 문 앞에 선 허이경은 현관을 두드리며 말했다.

— 기다리게 해서 미안해. 감당하게 해서 미안해. 다, 다 미안해. 문 좀 열어줘.

멈출 수 없었다. 그는 움직이는 다리와 말하는 입을 그대로 됐다. 한참 후 화면 속 허이경의 손은 피범벅이 되었다.

　—가짜 기억일 수도 있어. 조작된 추억은 많아. 어제 지원자도 북한에서 오빠 만났잖아. 말이 돼? 거기 무슨 연고가 있다고.

　정오가 고개를 떨궜다. 천미조는 그의 등을 어루만졌다. 트레이닝을 마친 허이경은 문 밖으로 터벅터벅 나갔다.

　—전 직원과 지원자들은 지금 바로 대강당으로 모여주시길 바랍니다.

　정오는 보조 침대에 들어가 몸을 웅크렸다. 천미조는 시끄럽게 울리는 스피커를 껐다.

　—에스더, 에스더. 문 열어봐.

　귀를 기울여도 인기척이 없었다. 허이경은 물렁해진 초콜릿을 검지로 푹푹 눌렀다. 포장지 밖으로 진갈색 덩어리가 밀려나왔다. 그는 자리에서 일어나 떼로 모인 사람들을 따라갔다. 발끝에 아무 힘이 없었다.

6장

붕괴

단상에 선 명소장은 텅 빈 자리를 훑어봤다. 의자의 반은 비워져 있었다. 그는 헛기침을 했다. 연구소가 문을 닫을까 두려워하는 이들을 안심시키고 무성한 말을 잠재워야 했다.

— 시설은 그대로 운영됩니다. 다소 오해가 생긴 사건에 대해서는 확인 중인데……

누군가 비척거리며 일어섰다. 허이경이었다.

— 제가 껐어요. 체험 중에 그 사람 전원을 내려버렸어요. 배지호씨 기억에 제가 손을 댔다고요.

명소장은 그를 가만히 쳐다봤다. 지원자들은 화합의 밤

에서 들었던 허이경의 이야기를 반사적으로 떠올렸다.

　　—저 여자 몽유병 있는 것 같던데. 잠도 도통 안 자고 돌아다녀서 내가 몇번이나 주의를 줬다고. 나가서 뭔 짓을 하는지 우리야 모르지.

　　—그래. 똑똑하다며. 의사랬나, 컴퓨터 박사랬나.

　　—어휴, 누가 들쑤셨나 했다. 이제 연구소 조용해지는 거지?

　　장에스더를 의심했던 이들은 허이경을 보며 혀를 찼다.

　　—아니, 그럼 처음부터 순순히 말할 것이지 애꿎은 에스더랑은 왜 싸웠대?

　　—방도 멋대로 바꿔달라고 했다며. 아무것도 모르는 애랑 뭘 했는지 알 게 뭐야.

　　—맞아요. 에스더랑 쓰겠다고 엄포를 놓더라니까. 나를 무시하면서.

　　묵묵히 얘기를 듣던 지원자가 허벅지를 긁으며 말했다.

　　—저 여자, 남자 지원자들이랑 어울리던데. 야밤에 커피를 왜 마셔.

　　—그러게. 여기 남직원 있잖아. 그 사람하고도 쏘다니

더라니까. 내가 봤어.

　—그때 같이 춤추던 정오씨? 그, 애 아빠?

허이경은 주변을 둘러보며 희미하게 웃었다. 명소장이 단상 옆면을 두어번 두드렸다. 강당은 조용해졌다. 그는 손깍지를 끼고 말했다. 시야가 아까보다 선명해진 것 같았다.

　—배지호씨 유가족분들이 처벌을 원하고 계십니다. 범인이 엄벌을 받길 바라세요. 상식적으로 어떻게 그런 중죄를……

허이경이 그의 말을 끊었다.

　—저도 그 남자와 똑같이 아무 기억 없이 갈게요.

　—도의적으로 말입니까?

명소장의 말에 지원자들이 자세를 고쳐 앉았다. 굽어 있던 허리가 꼿꼿이 펴졌다.

상담실 문은 반쯤 열려 있었다. 복도에 고성이 울렸다. 명소장과 천미조의 목소리였다. 정오는 창문 쪽으로 걸어갔다. 운동장 구석, 시멘트 계단에 허이경이 앉아 있었다.

누구나 볼 수 있는 곳에 무방비로 있는 모습이 한심했다. 어쩌자고 그런 소리를 했는지 알 수도 없었다. 아무 생각도 의욕도 없나. 그럼 눈에 띄지라도 말든가. 그의 대꾸는 명소장에게 지지 않기 위한 생떼 이상도 이하도 아니었다. 겁과 오만은 사실 비슷한 방어 도구니까. 그래도 허탈했다. 상대가 어떻게 될지, 남은 사람의 감정이 어떻게 변색될지 알 바 아니라는 태도. 그 무심한 온도가 사람을 질리게 했다. 폭염에도 뼈 사이에 살얼음이 끼는 것만 같았다. 장에스더는 화를 내다 지쳤다. 자신과 천미조는 물론 팔십대 지원자들까지 그를 다그쳤다. 허이경은 고함을 든고만 있었다. 부연도 해명도 없었다.

정오는 천천히 계단을 밟았다. 이제는 무엇도 궁금해하지 않겠다고, 가까이 다가가지 않겠다고 다짐했지만 입구를 나선 두 발이 이미 그를 향해 성큼성큼 걷고 있었다. 고개를 든 허이경이 헐렁한 미소를 지었다. 정오는 억지로 웃지 않아도 된다는 말을 하려다 말았다. 그는 체육관 쪽 산책로를 가리켰다. 지열에 머리가 지끈거렸다. 거대한 뭉게구름이 정수리를 내리누르는 듯했다.

──이경씨, 왜 그런 거짓말을 해요?

　　──진짜예요. 제가 그랬어요.

　　──장난해요? 그걸 믿으라고요? 이경씨한테는 제가 그
렇게 무의미한 사람이에요?

　　정오가 그의 손목을 잡았다. 팔이 탄력 없이 가볍게 흔
들렸다. 둘은 자리에 오래 멈춰 섰다.

　　──안 죽으면 안 돼요?

　　허이경이 고개를 저었다.

　　──힘들게 왔잖아요. 더 있을 수 없어요.

　　정오는 잠시 후 다시 물었다.

　　──여기는요. 제 옆은요.

　　허이경이 그의 눈을 물끄러미 들여다보았다.

　　──처음엔 정오씨가 저와 비슷한 사람으로 보였어요.
둘 다 사실은 헤매는 걸 싫어하니까, 문제가 생기면 능숙
하게 외면하니까. 착각이었어요. 정오씨는 화면을 봤죠.
우린 그동안 서로를 부축했어요.

　　정오는 반걸음 뒤로 물러섰다. 허이경이 속한 곳, 우리
라고 말하는 이들 속에 자신을 넣어달라고 할 수 없었다.

찬물로 세수를 한 천미조는 의자에 앉기 전에 문을 잠 갔다. 해가 완전히 저서 캄캄해질 때까지 혼자 있고 싶었 다. 그는 눈두덩이를 손끝으로 지그시 눌렀다. 눈을 감아 도 암흑 속을 떠다니는 것들이 보였다. 해파리, 자벌레, 너 울거리는 도형들, 그리고 한 지원자의 얼굴. 두달 전, 임종 일을 정해둔 언우마는 천미조를 찾아왔다. 잠깐 걷자고 했다. 결심을 굳힌 지원자들은 트레이닝을 더 받는 대신 홀로 지내거나 누군가와 대화를 나누길 원했다. 언우마는 일상의 온기가 지속되길 바라는 부류 같았다. 오전 해가 좋았고 급한 일도 없었다.

— 원래 말주변이 없는데 한국어는 좀 알아요. 친해지 고 싶은 사람이 드무니까 짧게 인사만 했죠. 그런데요, 껴 들지 않고 멀뚱히 있는 것도 꽤 편하더라고요.

— 아, 그러셨군요.

— 거울처럼 있었죠. 멋대로 구는 사람 구경도 하면서.

단답만 하는 줄 알았던 지원자였는데 대화를 시작하니 말이 많은데다 능숙했다. 얘기를 나누기 전까지는 시설

적응도와 어휘력을 짐작하기 어려웠다.

　—배지호도 제가 편해 보였나봐요. 몇번 잤어요. 진지하게 사귄 건 아니고요.

　천미조는 고개만 끄덕이며 시선을 돌리지 않았다. 암묵적으로 허용된 일이었다. 연구소에 온 여성들은 종종 그런 선택을 했다. 언우마의 말대로 딱히 의미는 없었다. 숙소 생활, 긴장과 불면, 갑자기 찾아오는 불안과 공포를 덜어낼 방법으로 상대보다 잠자리 자체를 찾는지도 몰랐다. 천미조는 지원자들의 마지막 기억 속에 연구소가 나타나지 않는다는 사실을 잘 알고 있었다.

　—그런 말은 안 하셔도 되는데.

　—배지호, 그 사람 거기서 죽으면 안 돼요.

　언우마가 어조 없이 말했다.

　—고등학생 때 얘기를 해줬어요. 자기 인생에서 그날이 제일 신났다고.

　천미조는 눈을 뜨고 곱씹기 싫었던 그 말을 떠올렸다.

　—다섯살짜리를 유괴했어요. 얼굴을 청테이프로 둘러쌌대요. 끝까지 잡히지 않았다면서 웃었어요. 그 새끼, 며

칠 뒤가 임종일이죠?

천미조는 언우마를 한참 처다봤다.

— 집으로 가서 엄마를 만나면 그대로 두고, 창고로 들어가면 멈춰주세요.

작업엔 열흘 정도가 걸렸다. 몰아치지 않고 따로 조금씩 진행하는 일이었다. 그는 평소의 일과와 동선을 유지하며 데이터를 수집했다. 천미조는 그의 임종에 관해 아무에게도 질문하고 싶지 않았다. 연구소 내의 누구와도 상의할 필요가 없었다.

— 배지호씨 가족들 연락이 잘 안 되네요. 뭐, 소식 끊긴 지 좀 됐으니까.

티 나지 않게 일정표를 조율했고 배지호가 남긴 가족의 연락처 두자리를 다른 숫자로 수정했다. 체험 직후에 초소형 전자기 펄스를 쓸 예정이었다. 프로그램은 예고 없이 중단될 것이다. 명소장의 상담실에도 도청장치와 카메라를 부착했다. 이 사고를 두고 그가 임직원들에게 무슨 지시를 내리는지, 어떤 조치를 취하는지 지켜봐야 했다. 렌즈는 그의 명패 첫 글자 속에 숨어 있었다. 천미조는 밝을 명이라는 한자에 해와 달이 전부 들어있는 것이 새삼 우스웠다.

천미조는 배지호가 짜둔 서사를 끊고 그의 머릿속에 다른 상황을 삽입했다. 연구소 지원자들의 로우 데이터에서 추출한 가장 어두운 기억이었다. 바로 그들이 아이였을 때 길을 잃고 헤매던 시간과 거기 딸린 감정. 어딘가로 가야 할지, 계속 그 자리에 멈춰야 할지 도무지 짐작할 수 없는 상태의 정보. 때와 장소가 수시로 달라져도 상관없었다. 낯선 곳에서 누군가를 기다리던 기억은 힘이 셌다. 그때의 정서와 심리를 취합하자 타르처럼 시커먼 색이 나왔다. 배지호에게 입력할 데이터였다. 어디와도, 누구와도 연결된 느낌이 없다면 반응이 둔해질 것이다. 두뇌의 신피질이 작동하지 않게 되면 몸은 굳는다. 감정을 처리할 수 없다. 숨고 싶어도 숨을 수 없고 생각하고 싶어도 생각할 수 없다. 끝없이 같은 의문. 배지호가 가져가기 알맞은 기억이었다.

창고 문이 열리기 직전, 천미조는 다섯살 아이의 작은

비명을 들었다. 배지호의 아드레날린 수치가 치솟는 걸 확인했다. 결국 그는 그때 아이가 겪었던 기분을 되돌려 받을 뿐이다. 그보다 고통스럽지도 않을 것 같았다. 천미조는 배지호를 죽일 생각이 없었다. 영원히 방황하는 아이로 만드는 편이 적절했다. 그 상태로 그가 거부했던 연명치료가 이어질 것이다. 임종은 없다. 그는 질문에 휩싸일 것이다. 밤 같은 낮, 경계 없는 나날, 갯벌이 된 삶이 배지호를 기다릴 것이다. 그는 누운 자세로 천천히 시들면 된다.

명소장은 이 일을 덮으려 들 게 분명했다. 적당히 맞서는 척하면 된다. 정오는 사고에 깊은 관심을 기울이지 않을 것이다. 그는 겉돌며 어디에도 가닿지 않을 마음을 성의나 노력으로 착각했다. 단절된 데이터로 알아낼 것도 없다. 배지호의 사례는 오류로 남을 것이다. 밝힐 수 없는 부작용이 될 것이다. 지원자들은 몸만 불편한 게 아니었다. 그들 머릿속의 잔상도 불구에 가까웠다. 기억이란 개인적인 왜곡들을 얼기설기 편집한 집합이며 그 다발 속에서 어떤 충돌이 일어나는지는 아무도 모른다.

그런데 허이경이 일을 망쳤다. 헛소리를 지껄였다. 배지호의 기억을 본인이 휘저었다고 말했다. 남은 수순은 두가지뿐이었다. 수습과 자백. 천미조는 문을 향해 컵을 집어던졌다. 짧은 굉음이 귀를 아프게 했다. 바닥에 튕긴 스테인리스 컵이 의자 밑으로 빠르게 굴러왔다.

— 바로 약물 넣어주세요. 체험 없이 떠날게요. 아무 기억도 가져가지 않겠습니다.

명소장이 허이경을 찬찬히 쳐다보다 물었다.

— 착각하시나본데 죽긴 왜 죽죠?

— 배지호씨처럼 원하는 시공간을 갖지 않고 죽겠다고요.

— 네? 왜요? 그분 살아 있는 거 아시잖아요. 허이경 지원자님도 살아 계셔야죠.

— 무슨 말씀이시죠?

— 이곳에서 치료를 받으실 거라고요. 대신 트레이닝, 체험, 상담은 일절 중단됩니다.

— 안락사를 위해 온 곳인데요. 안락하지 않아도 되지

만 죽겠다는 선택은 그대로예요.

　—이경씨, 그분한테 의지가 있을까요? 그 사람이 뭘 선택한 것 같아요? 말씀하셨잖아요. 배지호와 똑같이 지내시겠다고요.

　—제 말은 행복이니 추억이니 그딴 걸 버리고 간다는 뜻이었어요.

　—그분 가족이 허이경씨가 살아 있길 바랍니다. 안락사는 절대로 허용하지 않겠다고 하시고요.

　—가족분 만나게 해주세요. 직접 사과드리고 대화를 나누고 싶어요.

　—아쉽지만 대면을 원치 않으세요. 딱히 좋은 방법도 아니고.

　—그럼 전 스스로 죽을 수밖에 없어요.

　—그래서 안전한 일인실로 모실 거예요. 몸수색부터 바로 받으셔야 합니다.

　명소장 뒤에 있던 직원 둘이 허이경에게 다가왔다.

　—너희 미쳤어?

　—이경씨, 왜 이렇게 무례해요. 여기도 엄연한 사회고

공동체인데. 억지 그만 부려요.

　— 배지호 가족 데리고 와.

　소리 지르는 허이경에게 바짝 붙은 명소장이 작은 목소리로 물었다.

　— 하지도 않은 짓을 어떻게 사죄할 건데요?

　— 무슨 소리야? 내가 그랬어.

　— 그러니까 여기서 못 나간다고요.

　— 신고할 거야.

　— 연고가 없던데요. 죽으러 온 당신을 누가 궁금해해요.

　직원들과 허이경이 빠져나가자 상담실은 쾌적해졌다. 명소장은 서랍 속 홍삼절편을 꺼내 입에 물었다. 시답잖은 소란이었다. 그는 폐쇄회로 속 범인이 허이경이 아니라는 사실을 알고 있었다. 뜬소문이었다. 애초에 범인은 도망을 치지도 않았다. 허위 자백엔 가짜 협박이, 진범에겐 진짜 협박이 답이었다.

　— 사고만 치던 형이에요. 돈만 안 들면 죽든 살든 저한테 소식 전할 것 없습니다.

배지호를 오래 살려둘 생각도 없었다. 그 난리를 치더니, 프로그램을 조작하고 일정표와 연락망에 자질구레하게 손을 댄 천미조가 가소로웠다. 성가신 여자 둘을 한꺼번에 관리하게 됐으니 결과적으로 잘된 일이었다.

명소장은 한참 동안 창밖을 바라보았다. 구름이 짙었다. 선으로는 재현할 수 없는 형태였다. 구름을 그릴 땐 면으로 접근해야 했다. 크고 두툼한 덩어리는 조바심을 누르고 꾸준히 빚는다. 그래야 실제 양감과 비슷해진다. 평면의 얼룩을 끈기 있게 다듬으면 어느새 그럴듯한 형상이 나타난다. 그는 연구소를 열 때 들었던 온갖 비난이 조잡하게 여겨졌다. 전부 미시적인 의견, 잘못된 판단이었다. 명소장은 실내화를 고쳐 신고 몸을 틀었다. 입구 손잡이를 돌리자 손목뼈가 우두둑 꺾이는 소리가 났다. 문이 열리지 않았다. 두드려도 발로 차도 미동이 없었다. 그의 고함은 상담실의 두꺼운 방음벽에 스며들었다.

—후회하시나요?

—아니요.

천미조가 임종을 준비했다. 화면 속 명소장을 지켜본 정오는 말이 없었다. 허이경은 그들에게 암호를 댔다. 무표정한 두 직원과 달리 장에스더의 얼굴은 심하게 일그러졌다.

— 언니, 미안해. 너무 미안해.

— 미안해하지 마. 안 그래도 금방 가려고 했어. 잘 지내야 해.

허이경은 천미조와 장에스더 뒤에 멀찍이 서 있는 정오를 봤다. 답이 없을 걸 알지만 말해야 할 것 같았다.

— 고마웠어요.

눈을 감은 허이경은 아파트 복도에 섰다. 현관문 열리는 소리가 났다. 유은영이 틈 밖으로 고개를 내밀었다. 숲해설사 수업을 함께 받던 여덟살 아래 동료와 이렇게 친해질 줄은 몰랐다. 친하다, 가깝다, 허물없이 지낸다. 남들의 표현은 둘에게 점점 비좁아졌다. 그 말들은 터져나간 지 오래였다. 생각나는 대로 쉽게 떠올리지 못한 얼굴이었다. 그와의 기억은 함부로도, 무심결에도 더듬지 않았다.

주마등에서 지내는 동안 가족을 찾지 않는 일이 죄처럼 느껴졌다. 죽은 남편을 찾지 않는 건 더더욱 흉악한 죄 같았다. 누구든 허이경에게 가족을 만날 거라고, 남편을 다시 만나 다행이라고 말했다. 맞는 얘기였다. 보고 싶고 안고 싶고 만지고 싶었다. 솜털, 깨끗한 살결, 정수리에 묻은 햇빛 냄새가 그리웠다. 그러나 그를 가장 마지막 순간에 보고 싶진 않았다. 아무 의문 없이 집으로 들어갈 수 없었다. 남편의 손을 잡으면 그 자리에 멈추게 될 것 같았다. 허이경은 희미한 빛 너머 찬란한 빛, 늘 밀치고 가리느라 꺼져가던 빛 앞에 꼭 서고 싶었다. 트레이닝은 이 어둑어둑한 진심을 꺼내 보여줄 것이다. 잠깐의 체험에서도 유은영을 만날 뻔했다. 그러니 계속 멈추고 조심해야 했다. 연구소 둘레를 빙빙 배회해야 했다. 이렇게 욕심을 부린다고? 무슨 양심으로? 자격이 있어? 다른 사람들 대신, 아니 그들보다 혹독히 자신을 몰아세울 수 있었다. 안락사 전에 유은영을 만나게 되는 건 스스로에게도 상처가 될 것 같았다.

임종 속에서야 허이경은 지금까지의 경계심을 내려놓을 수 있었다. 가두었던 발길을 풀어버릴 수 있었다. 보게 될 풍경이 미련과 망상이 빚어낸 환영이라 해도 괜찮았다. 원했던 기억은 생생했다. 그는 배낭을 메고 나온 유은영과 아파트 복도를 걸어나왔다. 단지 입구의 등이 켜졌을 때, 유은영의 이마가 빛을 듬뿍 받았을 때, 허이경은 고개를 숙여 그에게 입을 맞췄다. 유은영이 두 눈을 크게 떴다. 그는 턱 끝으로 한 남자를 가리켰다.

——또 찾아왔어.

——걔 맞지? 헤어진 애.

——신고했는데도 왜.

남자가 그들 앞으로 다가왔다. 여유 있는 미소를 띠고 있었다. 여기까지는 사실 그대로였다. 그는 그들의 여행을 막아설 것이다. 소리를 지르고 티셔츠를 벗어 던지고 유은영을 다시 울릴 것이다. 허이경은 남자가 입을 벌린 순간 그를 우그러뜨렸다. 그는 구겨진 종이가 되어 바닥에 떨어졌다. 벽돌이 나왔던 이전 체험에서는 눈앞의 장면이 버거웠다. 핏물 위에 누워 있는 남자를 보니 구역질이 나왔다. 감정만 앞섰던 불필요한 대응이었다. 유은영이 주위를 두리번거렸다.

— 어디로 간 거야?

— 앞으로 다신 안 올 거야.

— 어떻게?

— 여긴 꿈속이니까. 내 마음이니까.

허이경은 유은영을 꼭 안았다. 아파트를 벗어난 둘은 도로로 향했다. 자동차들이 두꺼비로 바뀌었다. 발을 뗄 때마다 아스팔트로 덮인 길이 담요가 되어 둥글게 말렸다. 흙바닥에서 가을 새벽 냄새가 났다. 둘은 해안가 숲길을 걸었다. 비에 맞지 않고 빗길을 헤쳐나아갔다. 철교 아래에서 어깨를 좁히던 비둘기들이, 유리창에 부딪혀 떨어진 박새와 황조롱이들이 깊은 계곡을 향해 다시 날아갔다. 누구도 말을 붙이지 않았다. 둘의 대화만 이어졌다. 다리가 아프지도, 배가 고프지도 않았다. 황폐하지 않은 길이었다. 닫힌 눈꺼풀이 떨리기 시작했다.

— 정말 멈추시겠어요?

세번의 질문에 허이경은 전부 예,라는 답을 택했다. 아파트 현관에 다시 선 그가 유은영에게 말했다.

　―우리 이제 그만 걸을까?

　그는 체험에 들어간 지 21분 만에 암호를 말했다. 유은영이 고개를 끄덕였다. 복도에 멈춘 허이경을 보고 장에스더가 울기 시작했다. 정오는 의자에 주저앉았다. 허이경의 관자놀이를 타고 눈물이 흘러내렸다. 넷이 있는 실내에 이전처럼 연한 저물녘 햇빛이 들어왔다.

　―천천히 일어나세요.

　천미조가 허이경에게 다가가 말했다.

　―설정을 바꿔뒀어요. 제가 저지른 잘못이니까 제가 해결해야죠.

　허이경이 숨을 몰아쉬었다. 침대에서 일어난 그의 곁으로 장에스더가 뛰어갔다.

　―둘 다 연구소에서 나가요. 자격이 안 돼요. 이렇게 올 데가 아니었잖아요.

　다리가 풀린 정오는 일어설 수 없었다. 그는 천미조의 등만 쳐다봤다. 약물은 처음부터 없었다. 체험실에 혼자 남은 정오는 한참 뒤에야 명소장의 얼굴을 마주했다. 커진 눈, 붉은 귀, 튀는 침. 바로 앞의 그가 아주 멀어 보였다.

　―저는 지원자들의 개인 데이터를 무단으로 수집하고 사용했습니다. 임종 과정에 심각한 개입을 하기도 했습니다.

천미조는 언론사 다섯곳에 여덟장의 입장문과 증거 자료를 제출했다. 주마등 연구소는 폐쇄되었다. 지원자들은 각각 병원, 보호소, 다른 안락사 후기 연계기관으로 옮겨졌다. 명소장은 보험사 두곳과의 차명 계약과 은행에서 받은 불법 대출로 입건되었다. 정오는 한동안 증인으로 불려 나갔다. 지원자들의 데이터는 세상 밖으로 공개되지 않았다. 다른 기업으로 들어갔다는 얘기, 해외로 넘어갔다는 말이 돌다 사라졌다.

주마등이 있던 자리로 바람이 휘돌았다. 폐교 처리된 대학 안, 폐쇄된 건물은 빠르게 낡아갔다. 시민단체, 군소 정당, 종교 집단, 인근 주민들이 각기 다른 뜻으로 던진 돌과 집기로 연구소 유리창은 전부 부서져 있었다. 등불 속을 달리는 말,이라는 뜻을 그대로 옮긴 아이콘은 더이상 움직이지 않았다. 어딘가로 계속 뛰던, 사실상 제자리를 영원히 달리던 말은 불꽃 안에 멈춰 서 있었다.

셋이 살기에 약간 비좁았던 아파트는 초겨울에 처분할 수 있었다. 서남형 집은 이전보다 채광 조건이 좋았다. 이 삿짐을 정리한 허이경과 유은영은 빌라 거실에 잠들어 있었다. 방학 전 마지막 수업을 듣고 돌아온 장에스더는 둘을 오래 쳐다보았다. 그들의 상반신은 겨울 햇빛에 잠겨 있었다. 바닥에 깔린 요가 매트가 그들만을 위한 물결 같았다. 장에스더는 손에 집히는 책 한권을 배낭에 넣었다. 현관 앞에 섰던 그는 다시 방에 들어갔다. 책 제목과 함께 짧은 메모라도 남겨야 할 것 같았다.

—나중에 돌려줄게. 여기 계속 살고 있어.

의연해지겠다는 다음 문장은 쓰지 않았다. 그렇게 되어 만나면 된다고 생각했다. 장에스더는 파카의 지퍼를 목 끝까지 올리며 계단을 내려갔다. 입구에 서자 돌풍에 흔들리는 향나무들이 보였다. 그는 단단히 묶인 운동화 끈

을 내려다본 뒤 빌라 밖으로 나왔다. 숨을 들이쉬고 내뱉
자 첫 입김이 나왔다. 정류장 의자에 앉은 장에스더는 주
머니에서 뭔가를 꺼냈다. 친구가 준 코코아 음료였다. 그
는 식은 캔을 볼에 갖다 댔다. 언덕을 돌아 버스가 내려오
고 있었다. 장에스더는 자리에서 일어났다. 아무 번호라도
상관없었다.

당신이 마지막으로
보고 싶은 풍경은 무엇입니까

김보영

존엄한 죽음을 생각하다

흔히 현대인은 존엄한 죽음을 잃었다고들 한다. 의료기술은 인류의 수명을 비약적으로 높였지만 그 대가로 평온한 죽음을 가져갔다. 이제 사람들은 자신의 집에서 가족에게 둘러싸여 고요히 죽음을 맞이하지 않는다. 많은 사람들의 삶은 중환자실에서 기계와 낯선 의료진들에게 둘러싸인 채 끝이 난다. 위생을 최우선으로 하는 중환자실의 특성상 가족과 친구들이 임종을 지키기도 어렵다. 호스피스 전문의 황성젠은 『우리는 인간다운 죽음을 꿈꾼다』(유노북스 2017)에서 이를 비판하면서 '의료의 본질은 죽음을 보살피는 것'이며 '인간다운 죽음을 준비하는 것이 인간다운 삶을 완성하는 것'이라고 말한다. 아툴 가완디는 『어떻게 죽을 것인가』(부키 2015)에서 기존의 병원이나 요양원과 다른 형태로, 노인들이 독립적인 집에서 자신만의 삶을 누리다 가는 방식의 요양시설을 소개하기도 한다.

2004년 한국, 회생 가능성이 없는 환자의 연명치료를 중단했다는 이유로 의사 두명이 대법원에서 살인방조죄로 징역형을 받은 사건이 있었다. 이 판결 이후 죽음을 고통스럽게 미루는 형태의 의료습관이 생겨나기도 했다. 연명치료를 중단했다는 이유로 환자의 가족이 의사를 고소하거나, 반대로 연명치료 중단을 거부한 의사가 소송당하는 혼돈이 잇따랐다. 한국을 기준으로 환자가 존엄사를 '선택'이나마 할 수 있게 된 것은 불과 몇해 전의 일이다. 이 '존엄'이란 회생 가능성이 없을 때 고통스러운 연명치료를 하지 않을 권리를 간신히 얻은 정도다. 여전히 우리의 죽음은 (사고나 고독사가 아니라면) 낯선 병원 침대 위에서 끝날 가능성이 높다.

이런 현대사회에서 안락사에 대한 논쟁은, 생을 포기할 권리에 대한 투쟁이라기보다는 잃어버린 존엄한 죽음을 되찾고자 하는 노력에 가깝다. 2016년 미 캘리포니아에서 안락사가 허용된 지 한달 뒤, 루게릭병 환자였던 화가 베치 데이비스가 가족, 친구들과 성대한 파티를 하고 작별의 키스를 나누고 나서 일몰을 보며 숨을 거둔 일이 있었다. 한국에서도 존엄사 시행이 된 바로 다음 해인 2018년, 말기 암 환자 김병국씨가 '죽은 뒤의 장례식이 무슨 소용이 있는가' 말하며 친구들과 모여 함께 춤추고 노래하는 '생전 장례식'을 열기도 했다. 같은 해 호주의 104세 생태학자 데이비드 구달은 '추하게 늙는 것(Ageing Digracefully)'이라고 쓰인 셔츠를 입고 안락사가 허용되는 스위스를 찾아가, 베토벤의 '합창' 중 '환희의 송가'가 울려퍼지는 가운데 삶을 마감했다. 이는 불치병이 아닌 고령을 이유로 안락사를 택한 최초의 사례이기도 하다.

자신이 원하는 방식으로 죽음을 맞고 싶다는 소망은 눈

부신 의료과학의 세례를 받고 사는 현대 인류에게 아이러니하게도 사치가 되었다. 존엄하게 죽기 위해서는 지금과 다른 제도와 과학기술이 추가로 필요하게 되었다. 호주의 의사 필립 니슈키는 2017년 안락사 캡슐을 발명해 상용화를 추진하고 있다. 안락사 캡슐을 일반인이 구매하여 이용하는 시대가 온다면 죽음의 패러다임은 크게 변할 것이다. 모두 지난 몇년 사이에 발전한 논의다.

이곳은 낙원인가 나락인가

박문영은 SF 팬들에게는 익히 알려진 작가다. 첫 소설 『사마귀의 나라』(에필로그 2014)가 한해 출간된 모든 SF 소설을 대상으로 하는 SF어워드에서 제2회 중단편부문 대상을 수상한 것이 시작이었다. 얼마 뒤에는 첫 장편소설 『지상의 여자들』(그래비티북스 2018)로 제6회 SF어워드 장편부문 우수상을 수상했다. SF어워드에서 여러번 상을 탄 사람도 적거니와, 장단편 두 부문에서 모두 상을 탄 사람이 거의 없다는 점을 생각하면 작가의 독보적인 실력을 짐작할 만하다. 또한 박문영은 환경, 동물권, 여성권에 깊은 애정과 관심을 갖고 일하는 일러스트레이터이기도 하다. 많은 SF 작가들이 진중한 이야기를 자주 다루지만, 박문영은 그중에서도 가장 깊고 어두운 심해 바닥으로 깊숙이 잠겨들어가는 작가이다.

『사마귀의 나라』는 가난으로 핵폐기물을 떠맡게 된 마을에서 죽음과 어우러져 살아가는 사람들의 이야기를, 『지상의 여자들』은 갑자기 모든 남자가 의문스럽게 사라진 후에 남겨진 여자들의 세상을 다룬다. 두 작품 모두 일상화된 죽음을 직시하는 면이 있으나 『주마등 임종 연구소』를 본 나는 이 작가가 한 걸음 내딛어 더 정면으로 죽음을 응시하기로 했다고 느낀다.

'자신이 가장 원하는 기억 속에서 죽을 수 있는' 실험적인 안락사를 시행하는 주마등 임종 연구소에는 다양한 이유로 죽음을 준비하는 사람들이 모여든다. 불치병에 걸린 사람도 있지만 단순히 삶에 지쳐 끝을 내고자 온 사람도 있다. 주마등 임종 연구소의 풍경은 말기 환자들이 조용히 모여 사는 요양원을 떠올리게 하지만, 이곳이 실험적인 죽음을 선보이고 있다는 점, 병에 걸리지 않은 사람들도 있다는 점, 지원자들을 단순히 제 야심을 채우기 위한 도구로 여기는 사람이 뒤섞여 있다는 점에서 현실과 미묘한 균열을 보인다. 실제 세계에도 안락사 제도가 있지만 불치병 환자에게만 그 가능성이 열려 있는 편이다. 그런 현실에 비추어보면 어린 나이에도 '자살'을 선택할 수 있을 만큼 안락사가 널리 퍼진 소설 속 세계는 훨씬 더 어두침침해 보인다. 과연 이 세계는 낙원인가, 나락인가.

소설의 풍경은 독자에게 복잡한 감정을 갖게 한다. 이야기에 들어선 초반에는 자신이 가장 원하는 방식으로 죽을 수 있다는 희망, 가장 아름다운 기억 속에서 고통 없이 결말을 맞이할 수 있다는 행복한 상상에 푹 젖다가도 돌연 인물들이 그리 대단치 않은 이유로 '죽으러 왔다'는 불편한 진실을 자각하게 된다.

진동, 이력, 결함, 부식, 균열, 붕괴

소설은 각 장의 심리적인 간격이 넓은 편이다. 마치 각 장이 죽음의 다른 면을 말하기라도 하듯이. 장을 거치며 '죽음'에 대한 작가의 시선이 성장하기라도 하듯이.

고요하고 평온한 분위기에서 이야기는 시작된다. 남편을 잃은 허이경은 다른 세계를 향해 떠나는 여행자와도 같은 모습으로, 공항을 연상시키는 주마등 임종 연구소를 찾아온다. 어른들에게 날 선 투정을 부리는 소녀 장에스더를 제외하면 사람들은 대부분 쾌적한 환경에서 만족스럽게 죽음을 맞이하는 듯하다. 이쯤에서 독자들은 자신이 죽을 때에는 어떤 체험을 하면 좋을까 하는 상상을 이리저리 굴리며 낭만적인 감정에 젖는다.

하지만 작가는 독자들이 이 아름다운 환상 속에 머물도록 놓아두지 않는다. 소설은 서서히 균열을 일으킨다. 죽어가는 사람들의 마지막 풍경을 지루한 영화처럼 비웃고 품평하는 연구소 직원들이며 선도자적인 환상에 젖어 있는 소장이 등장하면서 환상은 차츰 깨지기 시작한다. 조금 더 나아가면 죽는 순간의 체험을 온전히 통제하는 것이 불가능하다는 암시마저 등장한다. 자신의 마음을 통제하지 못하는 사람들, 트라우마를 완전히 해소하지 못한 사람들이 마지막 순간에 끔찍한 복수를 하며 죽음을 맞거나, 혼란과 고통 속에서 생을 마무리하는 모습이 등장하면서 독자는 겁에 질리기 시작한다. 고통스러운 체험 속에서 죽어간다면, 평범한 죽음과 다를 것이 무엇인가?

마침내 지원자들이 자신이 연구소에 온 이유를 말하기 시작하자, 따사롭고 아늑해 보였던 죽음은 이제 낯빛을 바꾸고 성큼 다가와 그 얼음장 같은 얼굴을 독자에게 들이댄다. 이것은 화려한 꿈이나 아름다운 기억의 체험 따위가 아니라 '죽음'이고, 너는 지금 생을 끝낼 생각을 하고 있다며 생각의 꺼풀을 뒤집으며 속에 있는 시커먼 날것을 드러내 보인다.

언제부터 허이경이 주마등에 온 이유를 잊었을까. 혼자만 놓친 걸까. 정오는 고개를 저었다. (107면)

소설에 등장하는 지원자들은 불치병이나 노화로 죽음을 수용하러 온 것이 아니다. 이들은 삶을 포기한 사람들이며, 비참한 생을 견디지 못해 이를 끝내러 온 것이다. 죽음을 선택했다는 문제 앞에서, '어떻게 죽는가'가 무슨 의미를 갖는가?

장에스더의 고함에 긴 한숨을 쉰 허이경이 말했다.

─사람은 원하는 방식으로 죽을 수 있어. 준비를 마치고 갈 자유가 있어. 그래서 여기 왔잖아.

자리에서 일어난 장에스더가 대꾸했다.

─언니는 가만 보면 말만 그럴싸해. 죽는 날만 되면 아무 시름 없이 행복할 것 같지? 선택하라니까 되게 대접받는 것 같고? (121면)

소녀 장에스더는 어쩌면 단순히 기성세대에 대한 저항의 방식으로 죽음을 원한 것처럼 보인다. 그래서 다시 연구소에서는 '죽음을 추구하는' 기성세대에 저항한다. 날선 불평을 하던 장에스더는 결국 다른 지원자들에게 미움을 사고 끝내 궁지에 몰리게 된다. 이를 지켜보던 허이경은 사고를 일으킨 것은 장에스더가 아닌 자신이라는 거짓말을 한다. 그리고 그 죗값으로 무의미한 죽음을 선택하려고 한다. 의혹을 받는 장에스더를 도우려는 의도에서였을까, 어차피 똑같은 죽음이니 행복이나 추억 따위를 추구할 의미가 없다고 생각했기 때문이었을까, 자신이 행복한 죽음에 이를 자격이 없다고 생각해서였을까, 작가는 암시만 던지고 독자의 상상을 유도한다.

여기에 이르자 독자도 허이경과 마찬가지로 허무감에 빠지게 된다. 어차피 끝이고 죽음이라면 아름다움을 추구해보았자 무슨 의미인가?

돌아볼수록 이곳에 온 사람들이야말로 분명히 살아 있는 이들이었다. 죽고 싶다는 의지를 투명하게 내보일 수 있을 만큼 강인한. (112~113면)

흔히 사람이 죽음을 받아들이는 단계를 부정, 분노, 협상, 우울, 수용이라고들 한다. 소설은 그 단계를 거꾸로 되짚어간다. 수용에서 우울, 협상, 분노, 마침내는 부정을 향해. 이는 소설의 인물들이 피할 수 없는 죽음에 놓여 있는 것이 아니라 오히려 죽음에 사로잡혀 있다가 그곳에서 빠져나오는 경로를 걷기 때문일 것이다.

고심해서 좋은 시공간을 정하면 뭐해? 거기서 죽을 수 있으면 거기서 살 수도 있잖아. (119면)

만약 가장 행복한 순간에서 죽을 수 있다면, 왜 그 순간에서 살 수는 없는가? 어쩌면 이는 죽음에 사로잡힌 사람이 탐구의 끝에서 결국 도달하는 결론이 아닐까. 이는 또한 우리가 살면서 종종 죽음을 직시하는 이유이기도 하다. 죽음의 순간마저 설계하는 사람은 어쩌면 자신의 삶의 모든 순간이 빛나기를 바라는 사람일 것이다.

허이경이 마침내 도달한 곳은 자신의 인생에서 가장 아름다운 순간이다. 예상과 달리 죽은 남편에 대한 기억이 아니었으며, 흔한 일상의 풍경도, 가장 불행했던 순간도 아니었다. 숲 해설사로 활동하며 만난 여덟살 아래 여성과의 기억이었다. '어떤 방식으로 죽어야 한다'는 강박은 '어떤 방식으로 살아야 한다'는 집념과 다르지 않았다. 허이경은 세상의 시선이니 편견이니 하는 것을 지우고 자기 자신에게 솔직해진 뒤 '정말로' 자신에게 가장 아름다운 순간을 찾았으나, 곧이어 다시 혼란에 빠진다.

이렇게 욕심을 부린다고? 무슨 양심으로? 자격이 있어? (141면)

임종 과정에 들어갔던 허이경은 죽음의 순간에서 다시 삶으로 돌아온다. 연구소 직원 천미조가 '이렇게 올 데가 아니'라며 그의 죽음을 저지한 것이다. 금지된 개입을 한 연구소는 폐쇄될 운명을 맞지만 대신 어떤 사람들의 삶은 이어진다. 허이경은 자신이 꿈꾸었던 바로 그 사람과의 기억 속에서 죽는 대신 현실에서 그 사람과 사는 길을 택한다. 장에스더도 평범한 일상으로 한 걸음 기운차게 내딛는다.

저자는 결말을 통해 우리에게 재차 질문을 던진다. 당신이 가장 아름다운 풍경 속에서 죽을 수 있다면, 왜 그 풍경 속에서 살 수는 없는가?

장르적이고 현실적인

소설 속 임종 체험에 대한 기술 묘사는 깊이 있고 현실

적이다. 지식적으로도 정교하며 장르적으로도 충실하다. 저자는 필요한 부분은 충분히 깊고 세심하게, 불필요한 부분은 절제하며 솜씨 좋게 지적인 체험을 선사한다.

혹여 당신이 SF에 익숙지 않은 독자이더라도 이 소설을 읽기 위해 SF를 알아야 하나 두려워하거나 긴장하지는 않았으면 한다. 예전이라면 이 소설은 SF라는 명칭을 붙이지 않고 나왔을 가능성이 높다. 작가들이 두려움 없이 자신을 SF 작가로 부르기 시작한 지는 그리 오래되지 않았으며, 그간 많은 국내외소설들이 SF라는 명칭을 붙이지 않고 출간되었다. 이미 여러분들은 SF인지 모른 채 익숙하게 SF를 읽으며 살아왔을 것이다. 소설에 등장하는 기술은 그리 먼 미래의 것이 아니며, 당장이라도 누군가 작정한다면 유사한 시스템을 제공할 수 있을 것이다. 베토벤의 음악 대신 아름다운 VR 가상현실을 제공하는 안락사 체계를 생각해보라. 이런 시스템이 생겨나기 위해 필요한 것은 혁신적인 기술의 등장이 아니라 사회의 합의와 용인일 것이다.

당신이 마지막 순간에 보고 싶은 풍경은 무엇인가

『주마등 임종 연구소』는 독자에게 내내 자신의 죽음을 시뮬레이션해보게 한다. 만약, 당신이 스스로 택한 체험 속에서 생을 마감할 수 있다면, 그것이 어떤 체험이기를 바라는가? 당신은 생전에 가본 적 없는 아름다운 환상의 장소로 떠나고 싶은가? 아니면 생에서 가장 좋았던 기억으로 되돌아가기를 바라는가? 그렇다면 그곳은 어디인가? 혹은 가장 익숙하고 일상적인 자리에서 마감할 것인가? 그곳에 누구와 함께 있기를 바라는가? 오랫동안 만나지 못한 보고 싶던 사람인가? 가족이나 연인처럼 늘 만나는 익숙한 사람인가? 반대로 평생 복수하고 싶었던 적을 만나 원한을 풀기를 바라는가? 당신이 죽는 순간에 가지고 가고 싶은 감정은 쾌락인가, 환희인가, 안락함인가, 아니면 격렬함인가?

나는 소설을 읽는 내내 내가 바라는 죽음의 장소와 방식을 그려보았다. 그런데 만약 현실에 주마등 임종 연구소도 없고 안락사도 허용되지 않는 때에 죽음을 맞게 된다면, 바라는 죽음을 어떻게 맞이할 수 있을지 고민이 되기 시작했다. 또한 원하는 죽음에 이르려면 계속 준비하며 그에 합당한 삶을 살아야 한다는 결론에 이르자, 그만큼 삶을 되돌아보지 않을 수 없었다.

소설은 독자가 자신의 죽음과 조우하게 하되, 결국 '살아감'에 대해 생각하도록 이끈다. 그리고 이렇게 속삭이는 듯하다. 거기 죽음에 사로잡힌 사람이 있다면 나와 같이 생각해보자고. 삶을 끝내는 것에 천착함은 결국 삶에 천착함이라고. 죽음의 안식을 꿈꾸고 있다면 삶에서 그 안식을 만들자고. 죽음이 대단하면 삶도 대단하며, 죽음이 별다른 것이 아니면 삶도 별다른 것이 아니지 않느냐고.

金寶英 | 소설가

1

스무해 정도 살던 동네가 있다. 아홉살 무렵이었을까. 집 오른편에 낯선 점포 하나가 생겼다. 성매매업소 구역 끝에 생긴 화랑의 존재는 너무 독특해서 이웃들에게 오히려 투명해 보였던 것 같다. 누구도 그 가게에 대해 별말이 없었으니까. 들어가도 돼요? 그래요, 언제든 와요. 주인과 이런 대화를 나눈 기억은 없다. 말없이 붓질을 하던 그의 얼굴도 흐릿하다. 양지에 자리한 화랑은 작고 안전했다. 익숙한 사람 앞이 아니면 말을 잘 못하는 나는 그간의 습성을 뚫고 거기 수시로 갔다. 기름과 물감이 뒤섞인 냄새,

믿을 수 없이 깨끗하고 흰 벽, 단정한 피아노곡, 유리창 바깥과 완전히 분리된 그곳만의 정취. 그런 게 중요했다. 한 번도 경험하지 못한 세계가.

아무리 봐도 질리지 않았다. 희미한 선 몇개로 생생히 표현한 석양빛이 놀라웠다. 가까이 보면 그저 물감을 덧댄 자국이, 멀리서 보면 진짜 풍경으로 보이는 일은 그때 내게 이상한 위안이 되었다. 나중에야 그걸 유화라고 부른다는 것, 그림의 원작자가 모네라는 것, 거기서 들었던 음악이 조지 윈스턴의 앨범이었다는 사실을 깨달았다. 인상파 화가들에게 매료된 주인은 모네풍의 그림들을 그려 판매했고, 내가 알기로 우리 동네에 그림이란 걸 구입해 집에 걸어둘 이웃은 거의 없었다. 화랑은 갑자기 생겼다 갑자기 사라졌다. 거짓말 같은 아지트였다.

잠자리에서 눈을 감고 떠올리는 시공간은 대부분 인파 너머, 쉬지 않고 말하는 사람들을 피해 간 곳이다. 차고지, 밤의 물가, 무수한 야경, 그리고 가끔씩 떠올리는 그 화랑.

혼탁한 동네에서 만난 점선들이 나를 이렇게 오래 감싸줄 지 몰랐다. 소설에 밝혔듯 사람이 살아 있는 동안 비스듬히 기댈 수 있는 기억은 가혹할 정도로, 어안이 벙벙할 정도로 사소한 빛이라는 생각이 든다. 남는 건 사진이야,라는 말은 그래서 곱씹을수록 엄정하고 유연하다. 돌아보면 크고 작은 불운의 수만큼 많은 다정과 명랑이 있었다.

스스로를 폐기물과 다를 바 없다고 느끼던 시기에 더 많이 웃고 떠들었다. 작업도 버팀목은 아니었다. 일을 마친 후에 뭐라도 만들긴 했지만 그 동인은 사랑이 아니라 합리화 또는 오기에 가까웠을 것이다. 잠잘 시간을 쪼개 썼던 소설과 만화는 전부 못 쓰게 됐다. 절실해야 뭘 해낸다는 말은 낡고 폭력적인 세대의 언어이며 사람 앞엔 반응 이후의 해석, 겹겹의 진실, 더 많은 의문과 혼란이 주어져야 한다고 믿는다.

2

작년 겨울 KTX역으로 가기 위해 마을버스를 탔다. 노을이 짙은 저녁이라 누군가의 혈관 속을 통과하는 기분이 들었다. 승객은 여덟명 정도였는데 도로가 더 어두워지면서 밖의 풍경이 황천길 같았다. 질주하는 차 속에서 그런 생각이 들었다. 이 사람들과 길에서 죽을 수도 있겠다, 망자들을 싣고 달리는 버스에 이미 탄 게 아닐까. 손잡이를 꽉 쥐고 있었지만 내게 그 공간은 B급 호러물보다는 부드럽고 평화로운 실내였다. 인격 없는 죽음은 개개인에게 관심이 없고 그런 일은 언제 어디서나 일어나니까.

승객이 하나둘 내리고 뒷자리에 혼자 남아 있던 나는 평범한 상상을 했다. 죽은 이들이 마지막으로 들를 곳에 내려주는 버스. 실마리를 그렇게 잡으면 판타지가 될 테고 이 버스를 하나의 임종 프로그램으로 보면 SF가 될 것 같다는 판단이 들었다.『주마등 임종 연구소』는 지난 연말, 마을버스 안에서 시작된 이야기다.〔문학3〕의 웹페이지에서 2020년 6월부터 8월까지 목요일 연재를 진행했다. 소설을 읽고 있다고 알려준 사람들에게 다시금 고마웠다고 말하고 싶다. 달라진 일상이 일상이 되면서 독서가 얼마나 적극적인 일인지 되짚어보게 된다.

이 과정을 또 밟을 수 있을까 싶게, 우악스럽고 너저분한 방식으로 글을 쓴다. 마감 전에 쓴 걸 덜어내다보면 왜 이렇게까지 길을 돌았는지 늘 놀랍다. 할 수 있는 게 별로 없다. 이 커피를 다 마실 때까지만 쓰자. 젖은 머리카락이 다 마를 때까지만 고치자. 내가 '오줌이 마렵다'를 '요의가 느껴졌다'로 쓸 수 없는 사람이라는 사실, 나비보다는 나방, 하와이보다는 부곡하와이에 마음이 끌린다는 쓸데없는 사실만 확인하며 자판을 눌렀다. 반죽에 구멍이 나도 놀라지 말고 치대자고, 문장은 언제든 버릴 수 있다고 다짐했다.

쓰기 전에도, 쓰는 동안에도 몇가지 오래된 질문이 있었다. 내게 SF는 왜 드넓은 놀이터라기보다 폐업한 유원지 같은 곳일까. 그곳에서 온기와 다정을 찾는 습관은 퇴행에 가깝지 않나. 이런 접근법은 앙상하고 편협한 태도 아닌가. 소파와 책상, 왓챠와 로잉머신 사이를 오가며 작

업했다. 노를 저어도 물살이 느껴지지 않았지만 눈을 감
으면 괜찮았다. 강변을 볼 수 없어도, 의자가 하나여도, 제
자리여도.

3

페이스 앱을 통해 노년기의 내 얼굴을 본 적이 있다. 실
제와는 다르겠지만 변수가 없다면 대략 이렇게 늙어 있겠
구나. 의외로 마음이 편했다. 내가 생각했던 모습보다는
밝은 사람 같았다. 힘이 들면 힘이 든다고, 도움이 필요하
면 도와달라고 말할 것 같은 표정이었다.

예전의 한 인터뷰에서 내가 접한 중노년 여성들에 대해
이렇게 답변한 적이 있다. 그분들은 엄청난 생활력으로
하루를 경영하고, 잘 웃고 잘 싸우고 잘 돌아다니면서 본
인만의 희비극을 쌓아가요. 살아보니 누구 하나 날 정성
껏 살피지 않는구나, 그럼 내가 날 구할 수밖에 없다, 인생
선배 여성들의 긍정주의 이면엔 이런 고독과 각성이 깔려
있는 것 같아요.

소설 전면부에 나오는 인물들만큼 다른 인물들도 중요했다. 생각보다 잘 휘고 느슨한 존재들을, 그들 안의 운동성을 되도록 지우고 싶지 않았다. 여기 등장하는 지원자들의 모습은 그동안 함께 일했던 이들, 이름 대신 이모님이라고 불렸던 여성들에게 얻은 인상에 가깝다. 반드시 따스할 건 없었다. 대담하면서 폐쇄적이고, 무심하면서 사려 깊은 이들이 각 장 안에서 본인만의 희비극을 쌓아가길 바라는 마음이 컸다. 이모님들과 나눈 대화는 짜증 나는 손님이나 일일드라마 전개에 대한 이야기 정도였지만 나는 우리들이 그때 지은 표정과 손짓 같은 기억 위에 일화를 만들어 붙일 수 있었다. TV를 고쳐줬다고 피자를 시켜준 아귀찜 식당의 이모, 카드단말기 계산은 너무 어렵다며 요구르트 한꾸러미를 건넨 스포츠센터의 이모, 내가 갈 테니 밥은 앉아서 먹으라고 말해준 이모들. 소설에 섞지 않은 얼굴들이 더 맑고 애틋하다. 차고 메마른 단락은 순전히 내 성미 때문이다.

얼마 전엔 왼쪽 눈동자에 붉은 점이 생겼길래 역시 무리를 한 건가, 놀랐다가 피식 웃었다. 핏줄이 터진 게 아니었다. 각막에 붙은 건 인조 가죽 조각이었다. 겁과 시간이 많은 나는 더 묵묵해져도 될 것 같다. 말 없는 사람들이 더 그리운 2020년. 한계에 다다를 때까지 이해와 우리라는 단어가 최대한 더디게 오염되면 좋겠다.

2020년 11월

박문영

주마등 임종 연구소

초판 1쇄 발행 / 2020년 11월 27일

지은이 / 박문영
펴낸이 / 강일우
책임편집 / 이해인
조판 / 한향림
펴낸곳 / (주)창비
등록 / 1986년 8월 5일 제85호
주소 / 10881 경기도 파주시 회동길 184
전화 / 031-955-3333
팩시밀리 / 영업 031-955-3399 편집 031-955-3400
홈페이지 / www.changbi.com
전자우편 / lit@changbi.com

ISBN 978-89-364-3833-3 03810